KB142598

수학탐정단과

삼각비의 개념

수학탐정단과 삼각비의 개념

청소년 수학소설 십대들의 힐링캠프, 중학수학(3학년 2학기)

[십대들의 힐링캠프®] 시리즈 **NO.56**

지은이 | 박기복
발행인 | 김경아

2022년 12월 17일 1판 1쇄 인쇄
2022년 12월 24일 1판 1쇄 발행

이 책을 만든 사람들
책임 기획 | 김경아
기획 | 김효정
북 디자인 | KHJ북디자인
표지 삽화 | 발라
교정 교열 | 좋은글
경영 지원 | 홍종남

이 책을 함께 만든 사람들
종이 | 제이피씨 정동수·정충엽
제작 및 인쇄 | 천일문화사 유재상

청소년 기획위원
정가인, 양태훈, 양재욱

출간전 도서품평단
한선민

출간전 베타테스터
김유은

펴낸곳 | 행복한나무
출판등록 | 2007년 3월 7일. 제 2007-5호
주소 | 경기도 남양주시 도농로 34, 301동 301호(다산동, 플루리움)
전화 | 02) 322-3856 팩스 | 02) 322-3857
홈페이지 | www.ihappytree.com
도서 문의(출판사 e-mail) | e21chope@daum.net
내용 문의(지은이 e-mail) | yesreading@gmail.com
※ 이 책을 읽다가 궁금한 점이 있을 때는 지은이 e-mail을 이용해 주세요.

ISBN 979-11-88758-57-9
"행복한나무" 도서번호 : 158

※ [십대들의 힐링캠프®] 시리즈는 "행복한나무" 출판사의 청소년 브랜드입니다.

수학탐정단과

삼각비의 개념

설정 해설

이 소설은 수학탐정단 시리즈 5권(중3-1) 『수학탐정단과 이차방정식의 개념』에서 이어지는 이야기입니다.

이 소설은 현실 세계가 아니라 메타버스 세계를 배경으로 펼쳐진다. 메타버스(*metaverse*)는 '더 높은', '초월한'을 뜻하는 메타(*Meta*)와 '우주', '경험 세계'를 뜻하는 유니버스(*Universe*)가 더해진 말로, 가상과 현실이 뒤섞인 디지털 세계, 새로운 세계를 뜻한다.

메타버스를 한마디로 정의하면 '아바타(*Avatar*)'로 사는 세상이다. 아바타(*Avatar*)는 원래 힌두교에서 지상에 내려온 신의 분신을 뜻하는 용어다. 인터넷에서는 본인이 아닌 분신을 지칭하는 용어로 쓴다.

넓게 보면 인터넷에서 사용하는 별칭, *SNS* 등에서 자신을 나타내는 데 쓰는 사진, 게임에서 사용하는 캐릭터 등도 모두 아바타다. 소설 속 아바타는 현실 인간과 신경연결망을 통해 이어진다. 신경연결망은 아바타를 조종하는 현실 사람과 메타버스에서 움직이는 아바타를 연결하는 전자장치다.

아바타가 느끼는 감각을 실제 현실에서도 그대로 느끼게 하며, 현실 사람이 표현하는 감정과 동작을 아바타에 그대로 전한다. 감각이 결합하는 정도는 사용자가 자유롭게 설정할 수 있다.

아바타는 현실에 사는 사람과 마찬가지로 일정한 힘을 계속 충전해야 한다. 아바타를 유지해 주는 힘을 지칭하는 용어가 '알짜힘'이다. 알짜힘이 사라지면 메타버스에 사는 아바타가 소멸하고, 아바타가 찬 아이템팔찌에 보관된 아이템도 같이 소멸한다. 별도의 개인보관함에 둔 아이템은 사라지지 않는다. 다시 로그인을 하면 메타버스에 같은 아바타로 접속이 가능하며, 개인보관함에 있는 아이템으로 꾸미기가 가능하다. 아바타가 소멸되지 않게 하려면 줄어든 알짜힘을 회복하게 해 주는 생체물약을 복용해야 한다.

차례

| 설정 해설 | · 4

| 등장인물 소개 | · 8

01. 시시포스와 운명의 삼각비 · 10

: 삼각비의 개념 :

02. 계곡과 나무와 절벽의 탄젠트 · 35

: 삼각비와 길이 :

03. 후크선장과 삼각형의 넓이 · 58

: 삼각비와 넓이 :

04. 원과 현의 화려한 이중주 · 78

: 원과 현 :

05. 피리 부는 사나이와 접선의 법칙 · 101

: 원과 접선 :

06. 원주각으로 체크메이트 · 123

: 원주각의 성질 :

07. 표준편차가 보여 주는 진실 · 154

: 대푯값과 산포도 :

08. 산점도와 게임과 열정의 아이템 · 167

: 상관관계 :

등장인물 소개

※ 모든 등장인물 이름은 메타버스 안에서 쓰는 별칭이다.

수학탐정단 연산균, 고난도, 황금비, 미지수지, 나우스가 단원이며, 연산균이 모둠장이다. 메타버스 안에서 벌어지는 수상한 음모를 수학으로 파헤친다.

고난도 희귀한 아이템을 즐겨 모으는 수집광이다. 관찰력이 매우 뛰어나고, 한정판이 걸리면 능력치가 한없이 올라가 평소에 못 했던 일들도 손쉽게 해낸다.

황금비 한때 전투행성에서 유명했던 최강 전사다. 특별한 사건을 겪은 뒤 잠시 청소년 구역에서 평범하게 지내는 중이다. 사건이 터지자 최강 전사로서 실력을 서서히 발휘한다.

연산균 수학탐정단을 이끄는 모둠장이다. 모자를 좋아해서 다양한 모자를 수집하고, 늘 모자를 쓰고 다닌다. 마음씨는 착하지만 소심하고 눈치를 많이 본다.

미지수지 모델처럼 외모를 독특하게 꾸미길 좋아한다. 남들 눈치를 보지 않고 자기 색깔을 고집하며 손에는 늘 거울을 들고 다닌다.

나우스 새로운 아이템으로 아바타 외모를 끊임없이 바꾸는 걸 좋아한다. 실력을 제대로 선보인 적은 없지만 대단한 실력자로 평가받는다.

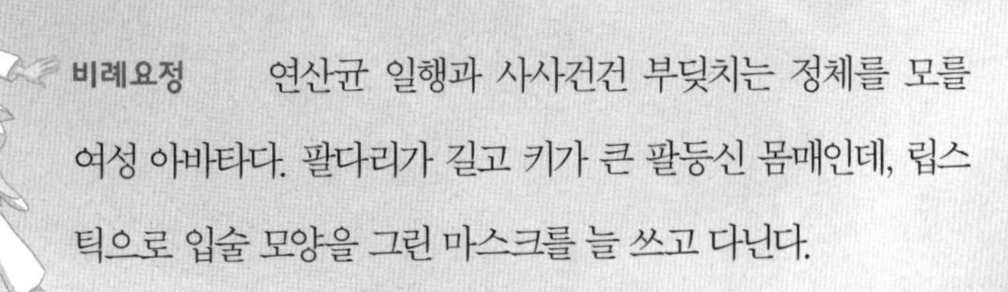

비례요정 연산균 일행과 사사건건 부딪치는 정체를 모를 여성 아바타다. 팔다리가 길고 키가 큰 팔등신 몸매인데, 립스틱으로 입술 모양을 그린 마스크를 늘 쓰고 다닌다.

너클리드 비례요정과 함께 나타나는 수상한 남성 아바타다. 몸이 작고 통통하며 늘 복면을 쓰고 두 눈만 내놓고 다닌다.

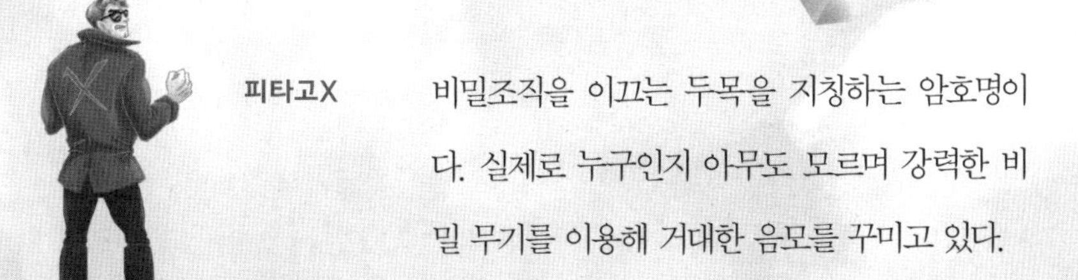

피타고X 비밀조직을 이끄는 두목을 지칭하는 암호명이다. 실제로 누구인지 아무도 모르며 강력한 비밀 무기를 이용해 거대한 음모를 꾸미고 있다.

제곱복근 흰색 반소매 상의에 검은색 반바지만 입고 다니는 아바타다. 겉모습을 전혀 꾸미지 않고 다니며, 정체도 능력도 미지수다.

01. 시시포스와 운명의 삼각비

: 삼각비의 개념 :

섬에 다가갈수록 에메랄드빛이 진해지고, 바닷속에서는 온갖 산호가 화려한 몸빛을 뽐냈다. 하늘에서는 보랏빛 오로라가 춤을 추고, 물결은 새하얀 거품을 품고 검은 자갈밭으로 달려갔다. 멀리서 보면 평범한 돌섬이었는데 가까이서 보니 온갖 기암괴석이 잔치라도 벌인 듯이 뒤엉켜 날뛰었다. 배는 노를 젓지 않아도 저절로 해안으로 딸려 들어갔다.

황금비 　머리가 왜 이렇게 아프지?

섬이 가까워질수록 정체 모를 두통에 황금비는 몹시 괴로웠다. 신경연결망 결합도를 최하로 낮췄음에도 두통은 줄어들지 않았다. 배는 퇴적암층이 켜켜이 쌓인 동굴 안으로 느릿하게 흘렀다. 둥근 구멍이 뚫린 천장으로 보라색 빛무리가 내려오더니 동글동글한 자갈과 반응했다. 보랏빛을 빨아들인 자갈은 반듯한 벽돌로 탈바꿈했다. 벽돌들은 격하게 요동을 치더니 작은 오솔길로 변신했다. 보라색 오솔길은 방문자가 가야 할 길을 차분하게 알려 주었다.

황금비가 탄 배는 오솔길과 바닷물이 맞닿는 데서 정확히 멈추었다. 황금비는 두통을 참으며 보라색 위로 발을 올려놓았다. 맑으면서도 탁하고, 날카로우면서도 부드러운 감각이 발끝에서 일렁이더니 신경망을 타고 천천히 온몸으로 퍼졌다. 보송보송한 새끼고양이의 솜털이 스치듯이 그 기묘한 감각이 흐르고 나자 신경연결망이 예민하게 깨어났다. 낯선 감각이 중추신경을 거쳐 두통에 시달리는 뇌 신경망을 자극하자 그때까지 고통스럽게 머리를 쥐어짜던 두통이 환한 봄꽃 향기와 같은 상쾌함으로 뒤바뀌었다. 머리끝부터 발끝까지 모든 감각이 새롭게 재배열되었다. 그것이 어떤 의미인지 헤아릴 수 없었지만 나쁜 기분은 들지 않았다.

몸을 가볍게 풀고 보라색 길을 밟으며 가려는데 주변 풍경이 이상하게 바뀌었다. 숫자, 도형, 선분, 방정식, 함수가 산과 하늘과 바위와 길과 바다를 대체해 버렸다. 온통 수학이었다. 수학으로 이루어진 메타버스 세상이 그 본질을 드러내고 있었다. 따지고 보면 현실 세계도 메타버스와 다를 바 없었다. 수학은 세상을 이루는 근본이기 때문이다.

황금비는 스카프를 옆으로 젖히고 목걸이를 옷 밖으로 꺼냈다. 목걸이에서 붉은색과 초록색과 보라색 빛이 회오리를 이루며 주변 사물과 반응했다. 황금비는 느리게 호흡하며 목걸이에서 전해지는 형상에 집중했다. 숫자와 각, 도형과 방정식, 속도와 함수가 머리에 그려졌다. 분명하게 이해되지는 않았지만, 이제껏 경험하지 못한 새로운 시각이었다.

빛이 잦아들자 풍경은 원래대로 돌아왔다. 문득 배 위에 놓인 잡동사니들이 눈에 들어왔다. 너클리드와 비례요정을 사로잡은 뒤에 빼앗은 몇 가지 물건들이 놓여 있었다.

황금비 어, 색깔이 전부 보라색으로 바뀌었네.

황금비는 그 가운데 하나를 집어 들었다. 주사위처럼 숫자가 적힌 정육면체가 손바닥에서 빙글빙글 돌았다.

황금비 신기하네. 모든 게 느껴져. 이게 전부 너클리드와 비례요정이 쓰던 아이템이었구나.

황금비는 바닥에 널린 아이템들을 가방에 넣었다. 가방을 메고는 보라색 벽돌을 힘차게 밟았다. 구불구불하게 뻗은 보라색 길을 보며 황금비는 두 손을 불끈 움켜쥐었다.

황금비　오즈의 마법사를 찾아가는 도로시 같아. 함께 가는 강아지 한 마리만 동행하면 완벽하게 도로시인데….

황금비는 원하는 곳을 떠올리며 발뒤꿈치를 톡톡 쳤다. 오즈의 마법사에 나오는 도로시의 신발이 부리는 마법을 기대했지만 그런 일은 일어나지 않았다. 황금비는 피식 웃고는 발을 떼었다. 자갈밭에서 출발한 오솔길은 기괴한 바위들이 즐비한 곳으로 향했다. 신화에나 나오는 괴물들이 온갖 바위 형상으로 굳어진 듯했다. 바람이 불 때마다 괴물들이 스산한 신음을 흘렸다. 처음에는 신경이 곤두섰지만 익숙해지니 스산함도 그러려니 하며 마음을 쓰지 않게 되었다. 이대로 보라색 길을 따라가기만 하면 아무 방해물 없이 '퀸의 의자'에 앉을 수도 있겠다는 기대가 들기도 했다.

그러나 그 기대는 바위가 구르는 굉음에 먼지가 되어 흩어졌다. 바위가 구르는 소리가 멈추자 '악' 하며 숨이 끊어질 때나 내지르는 처절한 신음이 뒤따랐다. 황금비는 풀어졌던 긴장을 되잡으며 가방에 든 아이템을 점검한 뒤에 조심스럽게 앞으로 나아갔다. 절벽을 왼쪽으로 끼고 돌아가자 조금 전에 들렸던 굉음과 신음의 정체가 드러났다.

한쪽은 구름까지 솟은 절벽이고 다른 한쪽은 연기와 열기를 쉼 없이 내뿜는 용암 호수였다. 보라색 길은 절벽을 타고 직선으로 뻗었다가 아래로 비스듬하게 내려갔다. 옆에서 보면 삼각형 형태였다. 낡은 옷을 입은 사내는 바닥에서 삼각형 꼭짓점까지 거대한 돌덩어리를 굴려서 올리려고 했다. 돌덩어리를 꼭짓점까지 올리기 위해 사내는 무진 애를 썼고, 힘겹게 돌덩어리를 꼭짓점까지 올렸다. 마침내 목표를 달성한 듯 보였다. 조금만 더 밀면 돌덩어리는 꼭짓점을 넘어 반대편 바닥까지 굴러갈 것이다. 지켜보는 황금비는 그 남자가 성공하길 빌며 손에 힘을 주었다. 그러나 꼭짓점에 도달한 돌덩어리는 아무리 밀어도 꿈쩍도 안 했다. 힘이 점점 빠졌는지 남자가 조금씩 뒤로 밀려났다. 끝까지 안간힘을 쓰던 사내가 결국 포기하고 옆으로 피하자 돌은 처음 출발했던 위치로 되돌아가고 말았다. 돌이 구르며 요란한 굉음을 냈고, 짧은 탄식이 뒤따랐다.

사내는 돌이 있는 데까지 내려오더니 잠시 쉬었다. 그 사이에 삼각형이 변형되었다. 각도가 조금 더 커져서 조금 전보다 가파르게 변한 길을 잠시 살핀 남자는 심호흡을 하고는 다시 돌을 굴렸다. 경사가 급해진 탓에 더 힘들 법도 한데 사내는 꼭짓점까지는 큰 어려움 없이 능숙하게 돌을 굴렸다. 안타깝지만 이번에도 마지막 꼭짓점을 넘기지 못했고, 돌은 다시 원래 자리로 돌아왔다. 자리로 돌아오면 삼각형 각도가 또 변했고, 경사를 확인한 뒤에 남자는 다시 돌을 꼭짓점까지 굴렸다. 결과는 마찬가지였다. 계속 실패했지만 그 사람은 똑같은 짓을 계속 반복했다. 아무런 의미도 없고, 성취도 없는 그런 반복이었다.

가만히 지켜보던 황금비가 조심스럽게 다가갔다. 퀸의 의자로 가려면 그 길을 지나야 하기에 어쩔 수 없기도 했지만, 무의미한 짓을 반복하는 까닭을 알고 싶은 궁금증이 더 컸다. 사내는 지친 기색이 역력했지만, 황금비를 반갑게 맞이했다. 그 사람은 자신을 '코린토스의 시시포스'라고 소개했다. 황금비는 곧바로 궁금한 점을 물었다. 왜 그렇게 무의미한 짓을 계속하는지….

시시포스　나는 형벌을 받았다. 다시 굴러떨어지는 저 돌을 끊임없이 산 위로 올려야 하는 형벌을….

황금비　안 하면 되잖아요?

시시포스　피할 수 있다면, 그만둘 수 있다면 내가 형벌이라고 했겠느냐? 나는 영원히 이 형벌을 계속해야만 한다.

황금비　이해할 수가 없네요.

시시포스　나는 다시…, 너야말로 이상하구나. 네가 온 뒤로 갑자기 형벌이 느릿해지다니…, 그 목걸이… 그렇구나. 목걸이 때문이구나. 그러면 너는 … 내 이야기를 들을 자격을 갖췄다.

시시포스는 황금비 목에 걸린 목걸이를 응시하더니 건조하고 지친 숨을 가늘고 길게 내쉬었다. 오랜만에 찾아온 휴식을 반기는 호흡이었다.

시시포스　나는 코린토스의 왕이었다. 코린토스는 척박한 곳에 자리한 도시라 늘 물이 모자랐다. 물을 얻으려고 갖은 애를 썼으나 쉽지 않았다. 백성들은 고통 속에서도 서로를 위하며 어렵게 살아갔다. 그 선한 백성들을 보며 어떻게든 물을 얻을 방법을 고민했다. 그러다 기회가 왔다. 우연히 제우스 신이 한

젊은 여성을 납치하는 장면을 목격하였다. 그 여성은 강의 신인 아소포스의 딸 아이기나였다. 아소포스는 잃어버린 딸을 찾기 위해 사방으로 돌아다녔다. 나는 아소포스를 보며 코린토스에 필요한 물을 얻을 기회가 찾아왔음을 알아차렸다. 그래서 아소포스에게 딸이 어디 있는지 알려 줄 테니 코린토스에 영원히 마르지 않는 샘물을 달라고 요구했다. 아소포스는 기꺼이 내 요청을 받아들였고, 나는 내가 본 바를 그대로 전했다.

황금비 그럼 이 저주는 당신이 고자질했다고 제우스 신이 내린 벌인가요?

시시포스 그렇다고 곧바로 이 벌을 받지는 않았다. 제우스 신은 그저 나에게 죽음을 내렸을 뿐이다. 죽음의 신에게 끌려간 나는 하데스 앞에 섰고, 죽을힘을 다해서 그에게서 벗어났다. 죽음의 신이 찾아와도 나를 찾지 못했으며 더는 하데스에게 끌려가지 않았다.

황금비 영원히 피할 수는 없겠죠. 죽음은 누구나 평등하게 찾아오니….

시시포스 그렇지. 피할 수 없지. 결국 하데스 앞에 다시 섰고, 하데스와 제우스에게서 이중으로 분노를 받아야 했다.

황금비 그래서 영원히 무의미한 일을 계속해야 하는 저주를 받았군요.

시시포스는 씁쓸하게 얼굴을 일그러뜨리더니 가볍게 고개를 끄덕였다.

시시포스 그래 저주지. 끔찍한 저주야. 고생스럽게 올려야 하고, 그 고생은 헛되이 원위치로 돌아오고, 또다시 그 일이 반복될지 알면서도 해야 하니, 이보다 더한 저주는 없지. 그렇지만 여느 인간의 삶은 또 얼마나 나와 다르더냐?

황금비 무슨 뜻으로 하는 질문이죠?

시시포스 아침에 일어나 밥을 먹고 씻고 학교나 일터로 가고, 그곳에서 늘 비슷한 일을 하고 공부를 한 뒤에, 밤이 되면 또 비슷한 삶을 되풀이하다가 잠이 든다. 그런 일이 날마다 반복된다. 하루를 완벽하게 마무리했다고 해서 그다음 날이 달라지지는 않는다. 그다음 날이 되면 여전히 어제와 같은 일을 반복해야 한다. 인간이 사는 삶이나 내가 돌을 굴려 올리는 일은 따지고 보면 크게 다르지 않다.

황금비 반박하고 싶지만… 인정할 수밖에 없네요. 특히나 청소년들은 그날이 그날 같은 삶을 반복하고 살거든요.

시시포스 그렇지! 그렇게 틀에 박힌 삶, 반복하는 삶이 과연 무의미할까? 내가 끊임없이 돌을 올리지만 결국 되돌아오는 이 상황이 무의미할까?

황금비는 선뜻 대답할 수 없었다. 어떤 대답을 골라도 곧바로 반박 논리가 떠올랐기 때문이다. 시시포스는 무의미한 노동을 한다. 쉽지 않은 과정을 반복하지만 아무런 가치도 없고 어떤 성취감도 없다. 그렇지만 시시포스가 하는 일이 무의미하다면 거의 모든 인간은 무의미한 삶을 사는 셈이다. 과연 인간은 아무런 의미도 없는 삶을 사는 걸까?

시시포스 처음에는 나도 의미를 찾지 못했다. 이 지독한 무의미함에 미쳐 버릴 듯했다. 그러다 스스로 의미를 찾게 되었다. 아니, 의미 있는 일을 만들어 냈다.

황금비 그게 뭐죠?

시시포스 내가 찾은 의미는 **지식**이다. 이 돌을 굴리는 과정에서 수많은 지식을 찾아냈다.

황금비 어떤 지식인데요?

시시포스 너도 보았듯이 내가 돌을 굴리는 비탈길은 삼각형의 한 변이라고 할 수 있다.

시시포스는 작은 돌조각을 들더니 바닥에 삼각형을 그렸다.

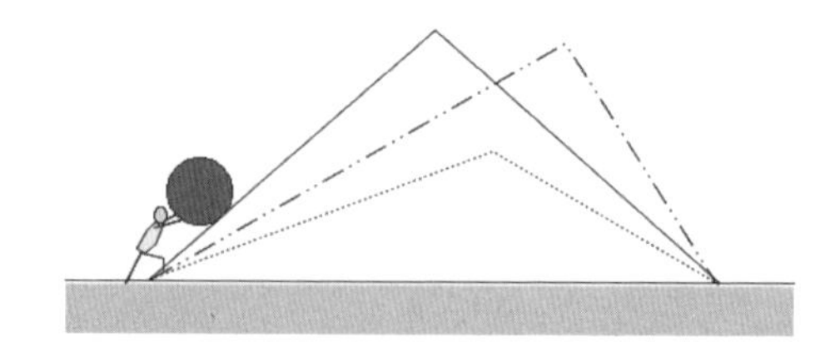

시시포스 돌을 한 번 굴리고 내려올 때마다 삼각형의 형태가 변한다. 각도가 변하고, 길이도 조금씩 바뀐다. 어느 순간부터 나는 그 변화를 유심히 관찰했다. 그러다가 삼각형 꼭짓점에서 수선을 그어 직각 삼각형을 만들어 본 뒤로 일정한 규칙이 있음을 알아냈다.

황금비 그게 뭐죠?

시시포스 각이 같으면 직각 삼각형을 이루는 변끼리 비율이 일정하다는 사실이었다.

시시포스가 설명하는데 황금비 목걸이가 은은하게 빛났다. 황금비는 또다시 찾아온 기묘한 두통에 잠시 이마를 찌푸렸다. 시시포스는 직각 삼각형에 선을 몇 개 더 그었다.

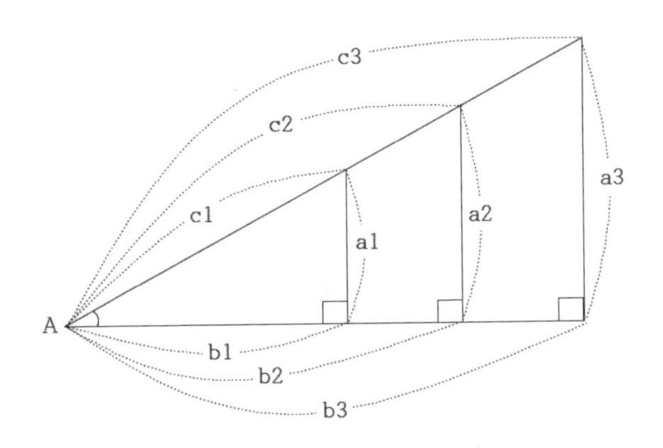

시시포스 이 삼각형 세 개는 세 각이 같으니 닮은꼴이다. 닮은꼴 삼각형이기에 그 비율이 같다. 따라서 $a1:a2:a3=b1:b2:b3=c1:c2:c3$이 성립해. 결국 $\frac{a1}{c1}=\frac{a2}{c2}=\frac{a3}{c3}$ 이고, $\frac{b1}{c1}=\frac{b2}{c2}=\frac{b3}{c3}$이며, $\frac{a1}{b1}=\frac{a2}{b2}=\frac{a3}{b3}$ 가 된다.

황금비 닮은꼴 삼각형의 비율이 같다는 것은 저도 알아요.

시시포스 닮은꼴 직각 삼각형에서 변의 비율이 같다면, 한 각의 크기에 따른 비율이 다 일정하다는 뜻이다.

황금비 그렇겠죠. 직각 삼각형에서 한 변의 각이 같으면 나머지 각도 자연히 같으니 닮은꼴일 테고, 그러면 변끼리 비율이 같겠죠.

시시포스 이해가 빠르구나.

시시포스는 복잡한 형태의 삼각형 옆에 아주 단순한 직각 삼각형 하나를 다시 그렸다.

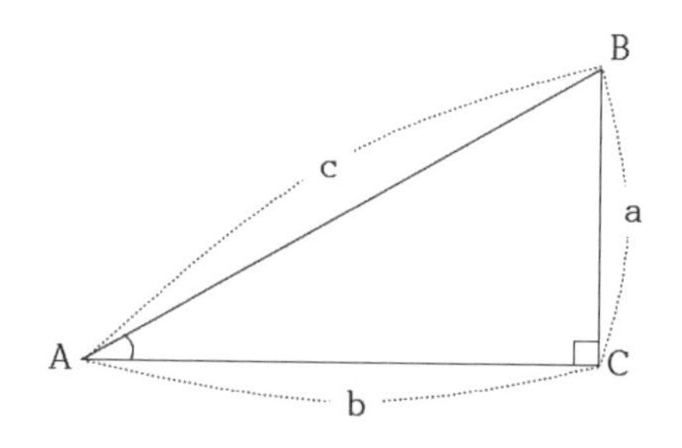

사시포스 그래서 나는 비율을 표시하는 이름을 붙이기로 했다. 이 삼각형 그림에서 $\frac{a}{c}$는 $sinA$(사인A), $\frac{b}{c}$는 $cosA$(코사인A), $\frac{a}{b}$는 $tanA$(탄젠트A)라고 이름 붙였다.[1]

황금비 재밌네요. 사인의 '*s*'를 필기체로 쓰면 '𝓈'인데 '𝓈'를 삼각형에 그리면 $\frac{a}{c}$가 되고, 코사인의 '*c*'를 삼각형에 그리면 $\frac{b}{c}$이고, 탄젠트의 '*t*'를 필기체로 쓰면 '𝓉'인데 역시 '𝓉'를 삼각형에 쓰면 $\frac{a}{b}$가 되니, 글씨와 그 의미가 바로 통해요.[2]

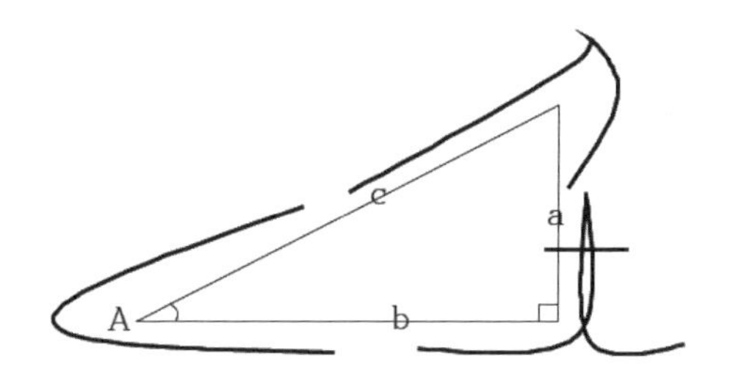

사시포스 맞다. 처음에 나도 그렇게 기억했다.

황금비 삼각비의 원리를 발견한 뒤에 뭐가 달라졌나요?

사시포스 지식이 꼭 쓸모가 있어야 한다고 생각하니?

---

1 이것은 소설의 설정이며 실제로 삼각비는 그리스, 아랍, 인도 등에서 오래전에 발견되었다.

2 삼각법은 오래전에 발견되었지만, *sin*, *cos*, *tan* 기호는 오일러에 의해 정립되었다. 각각의 이름은 서로 유래가 다른데 *Sin*은 고대 인도어에서 '절반의 호'라는 뜻의 *jya-ardha*에서 비롯하였으며, *Tan*은 '접촉하였다'는 의미의 라틴어 *tangent*에서 유래하였고, *Cos*는 영국 수학자 에드먼드 건터가 제안한 *co.sinus*라는 단어에서 비롯하였다.(출처 : 『이득우의 게임수학』, 책만, 이득우) 이 장면에서는 소설 전개를 위해 시시포스가 찾아낸 것처럼 표현하였다.

황금비 그렇지는 않아요. 무용한 지식도 나름대로 의미가 있다고 생각해요. 그렇지만 이런 상황에서 발견한 지식이라면 그래도 쓸모가 있어야 하지 않을까 싶어서요.

시시포스 당연히 쓸모가 있다. 삼각비는 직접 재기 어려운 대상을 각의 크기가 같은 삼각형의 비를 통해 파악할 수 있게 해 주지. 여기서 보면 빗변이나 높이는 길이를 재기가 어렵다. 그러나 밑변은 길이를 알지. 수도 없이 많이 다니면서 지형지물에 따라 길이가 어떤지 다 파악했거든. 비탈길의 기울어진 각도를 알고, 밑변 길이를 알고 나면 내가 비탈길로 돌을 얼마나 굴려야 하는지 바로 파악이 된단다.

황금비 무작정 굴릴 때보다는 더 낫겠네요.

시시포스 돌이 한 바퀴 돌 때 얼마나 올라가는지 정확히 알기 때문에 꼭짓점까지 오르는 발걸음 수를 정확히 계산할 수 있다. 특히 특정한 몇몇 각도는 삼각비 숫자가 딱 떨어지니 재미도 있고.

시시포스는 삼각형 두 개를 별도로 그렸다. 하나는 밑변과 높이가 1인 직각 이등변삼각형이고, 다른 하나는 한 변이 2인 정삼각형이었다. 정삼각형을 그린 뒤 위쪽 꼭짓점에서 아래로 수선을 그었다. 그러자 빗변 2, 밑변 1인 직각 삼각형이 나왔다.

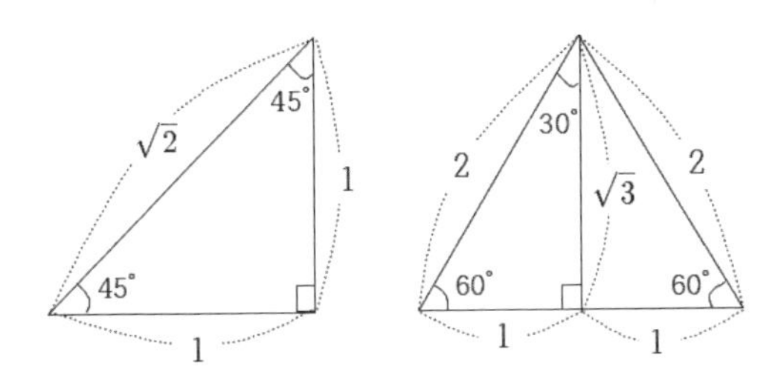

시시포스 보다시피 밑변과 높이가 1이고, 두 각이 45°인 직각 삼각형의 빗변은 $\sqrt{2}$다. 따라서 $sin45°$는 $\frac{\sqrt{2}}{2}$, $cos45°$는 $\frac{\sqrt{2}}{2}$, $tan45°$는 1이다.

황금비 30°와 60°의 값도 딱 떨어지는군요.

삼각비 \ 각 A	30°	45°	60°
$sinA$	$\frac{1}{2}$	$\frac{\sqrt{2}}{2}$	$\frac{\sqrt{3}}{2}$
$cosA$	$\frac{\sqrt{3}}{2}$	$\frac{\sqrt{2}}{2}$	$\frac{1}{2}$
$tanA$	$\frac{\sqrt{3}}{3}$	1	$\sqrt{3}$

시시포스 아주 재미있지 않니?

황금비 이 고된 노동 속에서도 이런 지식을 찾아내다니 대단하시네요.

시시포스는 처음으로 맑은 웃음을 지었다. 인정을 받은 기쁨과 자기 신념을 확신하는 데서 오는 만족감이 섞인 웃음이었다.

시시포스 지식보다 더한 의미는 다른 데 있다. 그건….

황금비 그건 저도 알겠어요. 당신 덕분에 코린토스는 영원한 샘물을 얻었으니, 그 희생은 헛되다 할 수 없지요. 이 노동은 코린토스 백성들에게 샘물을 준 대가로 치르는 비용이에요. 백성에게 물을 주고 얻은 고통이죠. 그래서 고통이지만 보람이에요. 당신은 피와 땀과 무기력 속에서 당신이 선물한 물로 행복을 누리는 백성을 떠올리며 보람을 느껴요.

시시포스 아는구나. 나는 무의미 속에 던져졌으나, 의미를 찾아냈다. 신이 내 미래는 저주 속에 가둘 수 있으나, 내 과거는 절대 바꾸지 못하지. 나는 신을 이겼다.

신을 이겼다는 확신에 찬 선언과 함께 황금비를 은은하게 괴롭히던 두통이 사라졌다. 시시포스는 이마를 찡그리더니 원격조종을 당하는 로봇처럼 몸을 일으켰다.

시시포스 다시 저주가 발동되는구나. 나는 돌을 밀어야 한다. 이 길을 넘어가려면 나보다 먼저 가거라.

시시포스는 돌에 손을 얹었다. 황금비는 돌덩어리 옆을 돌아서 길을 올랐다. 일부러 뒤는 돌아보지 않았다. 꼭짓점에 올라와서야 뒤를 힐끗 돌아보았다. 시시포스는 보이지 않았다. 거대한 돌이 느리게 비탈길을 굴러서 올라오는 장면만 보였다. 저 극심한 고통 속에서 자기 삶과 존재의 의미를 찾는 시시포스를 떠올리며 황금비는 문득 의문이 들었다.

황금비　　너클리드는 왜 이곳에 시시포스를 두었을까? 자신이 시시포스라는 건가? 아니면 자신이 시시포스에게 저주를 내리는 신과 같은 존재라는 걸까?

벼랑으로 난 길을 다 내려가니 길이 왼쪽으로 심하게 꺾이면서 험한 산으로 이어졌다. 산세는 험했지만, 보라색 길은 벽돌이 평평하게 놓인 덕분에 걷기가 어렵지 않았다. 산 중턱쯤에 이르렀는데 독수리가 한 지점에서 계속 일정하게 나는 모습이 보였다. 독수리는 높이나 방향에 약간씩 변화를 주기는 했지만, 일정한 지점을 향해 부리를 치켜세우고 돌진했다가 다시 떠오르기를 반복했다. 그런데 독수리가 돌진할 때마다 얕은 신음이 새어 나왔다. 꾹 참고 견디다가 어쩔 수 없이 삐져나오는 그런 신음이었다. 황금비는 몸을 낮춰서 조심스럽게 신음이 나는 쪽으로 접근했다. 독수리에게 발각되지 않도록 조심했다.

황금비　　저게 도대체 뭐지?

황금비는 눈 앞에 펼쳐지는 장면에 기겁했다. 독수리가 벽에 묶인 사내를 향해 돌진해서 부리로 몸을 뜯어먹었기 때문이다. 처음에 사내는 벽에 반듯하게 세워진 채로 묶여 있었다. 독수리는 정면에서 날아와서 사내의 몸을 부리로 쪼았다. 독수리가 높이를 조금씩 바꿀 때마다 쪼는 부위가 달라졌다. 그런데 가만히 보니 독수리 발에 가느다란 실이 묶여 있었다. 독수리는 실이 팽팽하게 늘어진 지점에서 호를 그리며 위아래로 날아다니다가 사내에게 돌진했는데, 지면과 각이 클 때는 독수리가 바로 근접한 곳에서 사내 몸을 수직으로 쪼았고, 지면과 이루는 각이 작을 때는 제법 먼 데서 날아들어 쪼았다.

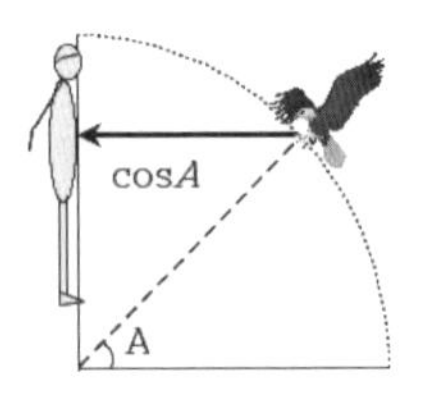

그렇게 어느 정도 배를 채운 독수리는 끈에 묶인 채로 가만히 앉아서 쉬었다. 그때 놀라운 일이 벌어졌다. 피투성이가 된 사내의 몸이 원래대로 되돌아온 것이다. 마치 어린아이와 같은 연한 피부가 상처에서 새롭게 돋아났다.

새살이 돋자 사내를 묶은 바위가 움직였다. 바위는 옆으로 이동하더니 바닥으로 사내를 눕혔다. 그곳에는 다른 독수리가 기다리고 있었다. 그 독수리도 발목에 실이 묶였는데 실이 팽팽하게 늘어진 지점에서 호를 그리며 위아래로 날아다니다가 사내에게 돌진했다. 이번에는 조금 전과 달리 지면과 이루는 각이 높으면 먼 데서 날아와 수직으로 몸을 쪼았고, 지면과 이루는 각이 작으면 가까운 데서 날아와 몸을 쪼았다.

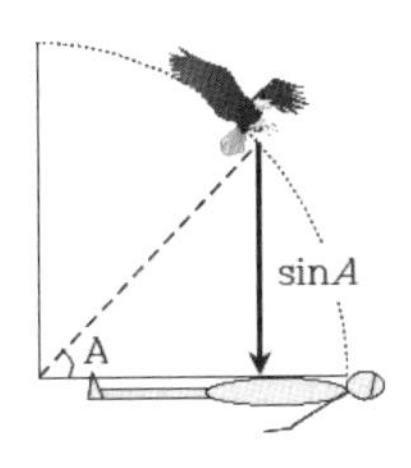

독수리는 배를 충분히 채운 뒤에야 휴식을 취했다. 이번에도 사내의 몸에서 새살이 돋자, 사내를 묶은 바위가 움직였다. 그곳에도 독수리 한 마리가 기다리고 있었는데 이번 독수리는 셋 중에서 가장 컸다. 그 독수리는 하늘 높이 날아서 같은 부위만 계속 쪼았다. 위치는 정확히 간이었다. 그 독수리도 발에 실이 묶였는데 실의 길이가 자유롭게 늘어났다.

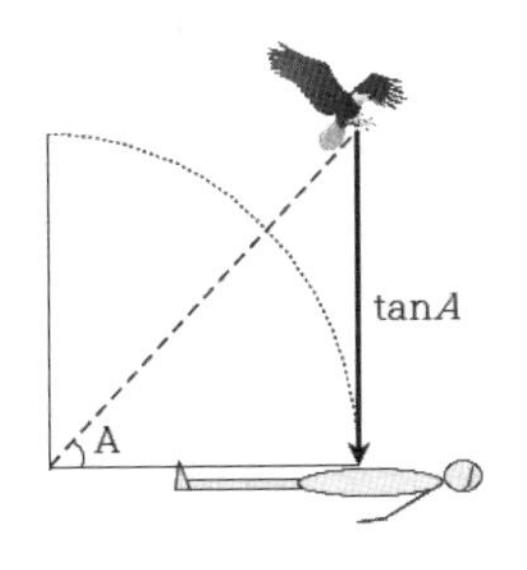

황금비 독수리, 바위에 묶인 사내, 간…, 그렇다면 저 사내는 프로메테우스잖아.[3] 저 세 가지 방식은… *cos*, *sin*, *tan*를 형상화한 거야. 길이가 1인 선으로 원을 그렸다고 할 때, 1사분면만 놓고 보면 딱 저런 형상이 나와.

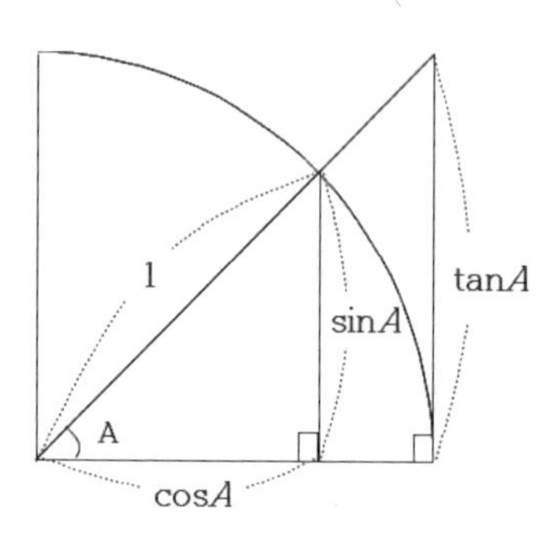

탄젠트 형식으로 쪼아 먹는 독수리가 충분히 배를 불리자 프로메테우스 몸에서 다시 살이 돋았다. 프로메테우스를 묶은 바위는 천천히 움직여 처음 코사인 공격을 받았던 곳으로 되돌아갔다. 보라색 길은 프로메테우스 앞으로 뻗어 있고, 주변 산세가 험해서 보라색 길이 아니면 앞으로 나아갈 수가 없었다. 황금비는 어쩔 수 없이 프로메테우스가 있는 데로 가야만 했다. 황금비가 다가가자 독수리는 물끄러미 황금비를 보더니

3 그리스 신화에서 인간에게 불을 전한 신이다. 프로메테우스란 '먼저 생각하는 사람, 선지자(先知者)'라는 뜻이다. 인간을 사랑해서 신의 소유였던 불을 인간에게 주었다고 한다. 제우스의 미래를 알고 있음에도 알려 주지 않아 제우스에게 미움을 받았다. 이에 분노한 제우스는 코카서스 산 바위에 프로메테우스를 쇠사슬로 묶고 독수리에게 간을 쪼아 먹히게 했다고 한다.

날개 속으로 고개를 집어넣었다. 독수리가 자신을 공격할 순간을 기다리던 프로메테우스는 독수리가 가만히 있자 주변으로 눈을 돌렸고, 황금비를 발견했다.

프로메테우스 목걸이를 지닌 소녀, 퀸이 되기 위해 왔구나.

프로메테우스는 껄껄거리며 웃었다. 뭐가 그리 기쁜지 웃음이 산이 울릴 만큼 쩌렁쩌렁 울렸다. 황금비로서는 고통을 당하면서도 그렇게 환하게 웃는 프로메테우스가 이해되지 않았다.

황금비 뭐가 그리 즐거우세요?

프로메테우스 나에게 저주를 건 자를 파멸시킬 주인공이 나타났으니 기쁘지 않을 수 있겠느냐?

황금비 저주를 건 자가 누구죠?

프로메테우스 네가 막으려는 자, 이곳을 창조한 자! 내 운명의 사슬을 다시 묶은 자! 나는 오래전부터 네가 오기를 기다렸다.

황금비 저를 아세요?

프로메테우스 너를 알 뿐만 아니라, 너에게 목걸이가 가게 만든 장본인이 바로 나다.

전혀 예상치 못한 답변에 황금비는 깜짝 놀랐다.

프로메테우스 내가 은둔미녀를 꼬셔서 너에게 보냈다. 최고 전사를 꺾지 못할 거라고 부추겼다. 은둔미녀는 그 꼬임에 넘어가 너에게 싸움을 걸었고, 너는 내 예상대로 은둔미녀를 꺾었을 뿐 아니라 완전히 소멸시켜 버렸다. 허락되지 않은 경로로 전투행성에 진입했기 때문에 은둔미녀는 다시는 메타버스에 접속하지 못하게 되었다. 그 목걸이가 네 수중에 들어간 순간부터 나는 네가 이곳에 올 수밖에 없음을 알았다.

황금비 믿을 수가 없네요. 당신은 그저 이곳에… 만들어진… 캐릭터잖아요.

프로메테우스 네가 이곳에 왔다면 이미 지킬 박사를 만났다는 뜻인데, 그러고서도 그런 의문을 품다니 조금 실망이구나.

황금비 이해할 순 없지만… 좋아요. 도대체 당신이 저를 이곳에 오게 만든 까닭이 뭐죠?

프로메테우스 이미 말하지 않았느냐? 퀸의 의자를 차지하게 만들기 위함이었다고. 나는 오래전부터 너를 지켜보았다. 너라면 이 끔찍한 사슬에 갇힌 나를 구해 주리라 믿었다.

황금비 신화에서는 헤라클레스가 당신을 구해 주죠.

프로메테우스 맞다. 그리고 메타버스 세계에서 헤라클레스는 바로 너다. 너보다 뛰어난 전사는 본 적이 없다. 그래서 나는 너를 선택했다.

황금비 제가 어떻게 하면 되죠? 저 독수리를 없애면 되나요?

프로메테우스 말하지 않았느냐? 퀸이 되라고. 어차피 저 독수리는 지금 네 힘으로는 없애지 못한다.

황금비 좋아요. 퀸이 되죠. 퀸이 되어서 당신을 고통에서 벗어나게 해주겠어요.

황금비는 주먹을 불끈 쥐고는 그 자리를 떠나려 했다.

프로메테우스 잠시만 기다려라. 너에게 선물을 하나 주겠다. 너도 보았듯이 이 독수리 세 마리는 각각 삼각비 형식으로 나를 공격한다. 오랜 시간 공격을 당하며 이들이 나를 공격하는 강도를 통해 그 값을 알아차렸다.

황금비 삼각비값 말인가요?

프로메테우스 이제 너에게 그 값을 알려 주마.

프로메테우스의 눈이 붉게 빛났다. 황금비 목걸이에서도 붉은빛이 강하게 호응했다. 두 빛이 오가자 강한 회오리가 일었다. 황금비는 또다시 두통에 시달렸다.

프로메테우스 $sin0°$는 0이다. 각도가 커지면 점점 값이 커져서 90°가 되면 사인값이 1이 된다. 코사인은 반대다. $cos0°$는 1이다. 각도가 커지면 점점 값이 줄어들어서 90°가 되면 코사인값이 0

이 된다.

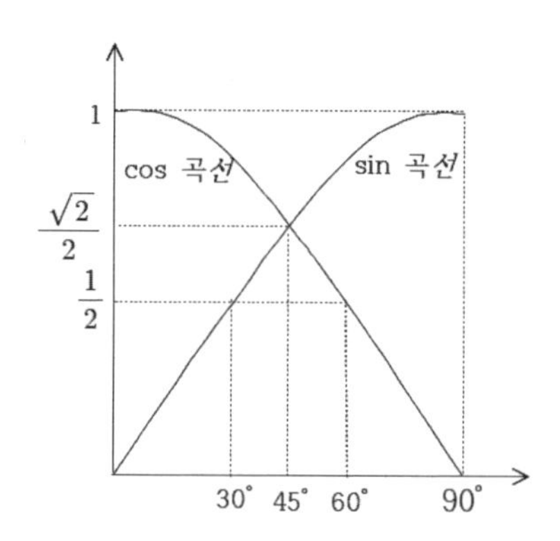

황금비 머릿속에 사인, 코사인 곡선이 그려졌다.

프로메테우스 탄젠트값은 0에서 출발해 점점 증가해서 $tan45°$가 되면 1이 되고, 그 뒤로도 계속 증가해서 90°에 가까워지면 그 값이 무한대로 뻗어 나간다.

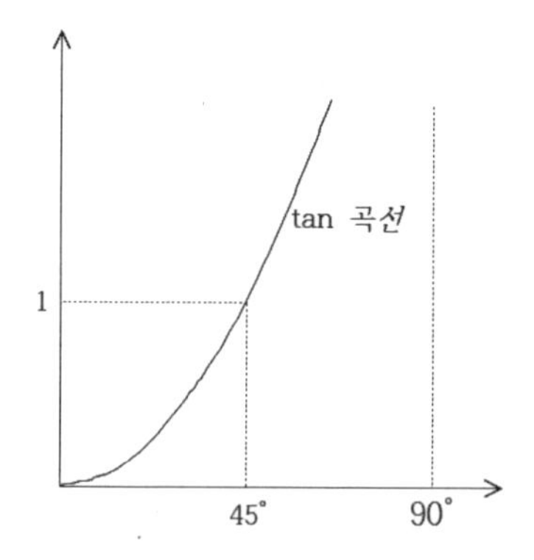

프로메테우스는 설명을 하면서 조금 전에 독수리에게 뜯긴 옆구리를 지그시 눌렀다. 프로메테우스가 느끼는 고통이 얼마나 극심한지 황금비에게도 그대로 전해졌다. 두통이 더욱 심해졌다.

프로메테우스 이제부터 너에게 삼각비값을 알려 주겠다. 앞으로 닥칠 위기를 넘어서는 데 삼각비값을 담은 표는 값진 역할을 할 것이다.

붉은빛은 더욱 맹렬하게 소용돌이쳤고, 황금비는 더욱 극심한 고통에 시달렸다. 고통 속에서도 표는 거침없이 스며들었고, 그 복잡한 숫자들이 황금비 머릿속에 차곡차곡 정리되었다.

각도	*sin*	*cos*	*tan*
…	…	…	…
31°	0.5150	0.8572	0.6009
32°	0.5299	0.8480	0.6249
33°	0.5446	0.8387	0.6494
34°	0.5592	0.8290	0.6745
…	…	…	…

모든 값이 다 들어오자 붉은빛이 소멸하였고, 프로메테우스는 정신을 잃었다. 두통에서 벗어난 황금비가 프로메테우스를 깨웠지만, 꼼짝도 하지 않았다. 독수리가 서서히 고개를 들었다. 날개를 가볍게 펄럭이더니

발톱을 단단히 세웠다. 독수리 눈매가 날카롭게 빛났다. 위험 신호였다. 황금비는 재빨리 그곳에서 벗어났다.

02. 계곡과 나무와 절벽의 탄젠트

: 삼각비와 길이 :

산에서 내려가자 잔돌 하나 없고 갈라진 틈도 하나 없는 거대한 바윗덩어리 평지가 펼쳐졌다. 화산이 폭발한 뒤에 한꺼번에 굳은 용암 덩어리 같았다. 바위 평지 위로 뻗은 보라색 길에는 벽돌이 사라지고 색깔만 남았다. 바위 평지 끝은 깎아지른 낭떠러지였다. 낭떠러지 밑으로는 붉은 물이 열기를 내뿜으며 흘렀는데, 폭이 워낙 넓어서 맨몸으로는 건널 수 없었다. 다행히 붉은 강 가운데에 있는 섬에는 키 큰 나무가 많았다. 바윗덩어리와 뜨거운 물이 흐르는 강물 사이에 우뚝 솟은 푸른 숲은 한편으로는 멋지고 한편으로는 기이했다.

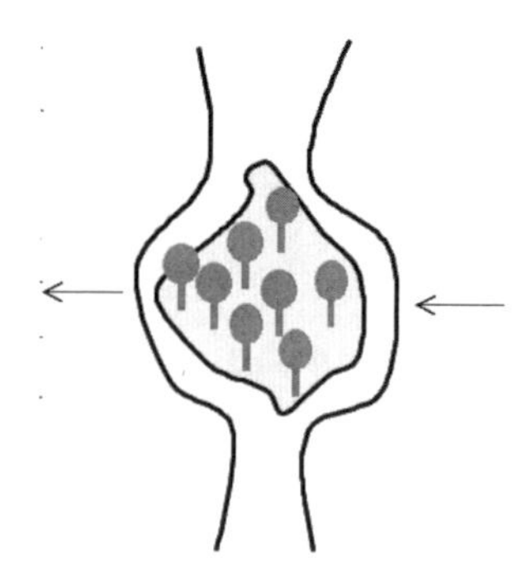

황금비　저 나무를 베서 다리를 만들어야 이 붉은 강을 건널 수 있는데, 무슨 수로 저 나무를 베지? 방법이 없을까?

황금비가 나무를 벨 방법을 고민하는데 숲에서 멀쩡하던 나무가 쓰러졌다. 도끼로 나무를 찍는 소리도 들렸다. 황금비는 도와달라고 소리를 질렀다. 잠시 뒤, 도끼를 어깨에 멘 나무꾼이 나타났다. 그 모습은 너무나 익숙했다. 바로 『오즈의 마법사』에 나오는 양철나무꾼이었기 때문이다.

양철나무꾼　도와 달라고 한 사람은 누구지?

황금비　저는 황금비라고 해요. 이곳을 건너야 하는데 방법이 없네요.

양철나무꾼　나는 뜨거운 심장을 간절히 원하는 양철나무꾼, 너는 내게 뜨거운 심장을 선물해 줄 수 있니?

황금비는 『오즈의 마법사』에 나오는 양철나무꾼 이야기를 떠올렸다. 양철나무꾼은 감정을 느끼는 심장을 원했고, 모험을 하며 자기 안에 깃든 감정을 찾아낸다. 마지막에는 오즈가 믿음을 이용해 심장이 있다고 믿게 만든다. 그런 방식이라면 자신도 얼마든지 가능하겠다는 생각이 들었다.

황금비 지금은 못 하지만 제가 퀸이 된다면 당신이 원하는 것을 이뤄드리죠.

양철나무꾼 그 목걸이를 걸고, 보라색 길을 따라 걷는다면… 오즈… 아니… 퀸의 의자를 향해 가는구나. 네가 퀸이 되면…. 좋아, 도와줄게.

양철나무꾼은 도끼를 고쳐 잡았다.

양철나무꾼 내가 벨 나무는 정해진 탓에 나는 나무를 함부로 베지 못해. 네가 붉은 강을 건너는 데 필요한 두 그루만 베어 줄게. 이건 예정에 없기에 나는 어떤 나무를 베어야 할지 선택할 수가 없어. 그러니 네가 선택해. 만약 네가 베어야 할 나무를 잘못 선택하면 그건 어쩔 수 없어.

양철나무꾼이 선뜻 도와주겠다고 하니 무척 기뻤다. 벨 나무를 고르는 것은 어렵지 않다고 여겼다. 그러나 어떤 나무를 벨지 가늠을 해보고는 적절한 나무를 선택하는 것이 만만치 않다는 사실을 알아차렸다. 나무가 강폭보다 길어야 하는데 눈대중으로는 가늠하기가 쉽지 않았다. 그러다 강폭이 좁은 곳 건너편에서 자라는 나무를 찾아냈다. 얼추 길이가 되는 것 같기는 한데 확신하기는 어려웠다. 정확한 치수를 측정해야 하는데 그게 만만치 않았다.

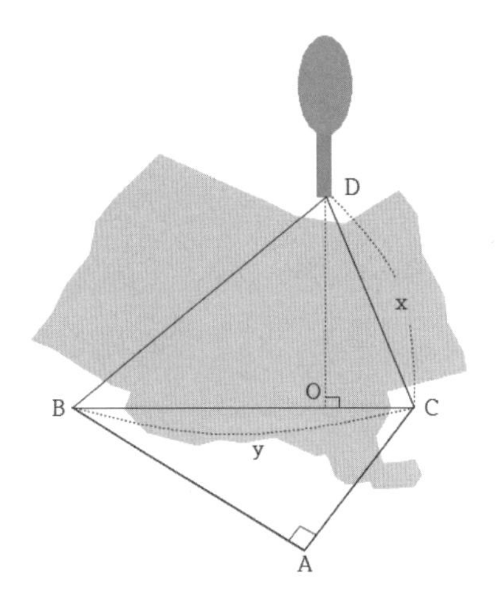

목걸이가 지닌 힘과 연결되면서 황금비에게는 거리와 각도를 자유롭게 측정하는 능력이 생겼다. 다만 거리 측정은 직접 걸을 수 있는 영역만 가능했고, 각도는 측정 지점에서만 확인할 수 있다는 것이 문제였다. 직접 잴 수 없다면 삼각비를 활용해야 했다. 한참 고민하던 황금비는 지형을 고려해서 적정한 측정 방법을 찾아냈다. 강폭을 먼저 측정하기만 하면 나무 높이를 측정하는 것은 간단했다. 따라서 강폭을 측정하는 것이 관건이었다. 고민 끝에 강폭을 측정하는 데 필요한 삼각형을 그렸다.

먼저, 직각 삼각형 ABC에서 $\overline{BC}$의 길이를 알아내야 했다. $\angle A$는 직각이 되게 하고, $\overline{AB}$는 직접 걸어서 길이를 확인했다. $\angle B$도 측정할 수 있었다. $\overline{AB}$는 $10m$였고, $\angle B$는 $35°$였다.

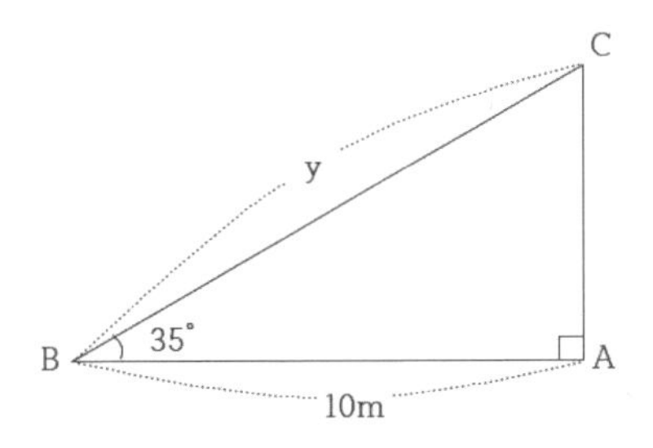

황금비는 코사인 공식에 따라 식을 세웠다. $cos35° = \frac{10}{y}$ 이다. 따라서 $y = \frac{10}{cos35°}$ 이 된다. 황금비는 $cos35°$ 값을 찾기 위해 삼각비 표를 떠올렸다. 목걸이가 반응하며 삼각비 표가 선명해졌다. $cos35°$는 0.8192였다.

$$y = \frac{10}{0.8192} \fallingdotseq 12.2m$$

$\overline{BC}$의 길이를 확인했으므로 이제 강폭인 $\overline{DC}$의 길이(x)를 계산할 차례였다. 일단 $\angle DBO$와 $\angle DCO$를 측정했다. $\angle DBO$는 $42°$였고, $\angle DCO$는 $65°$였다. 그에 따라 $\angle BDO$는 $48°$, $\angle CDO$는 $25°$임을 확인했다.

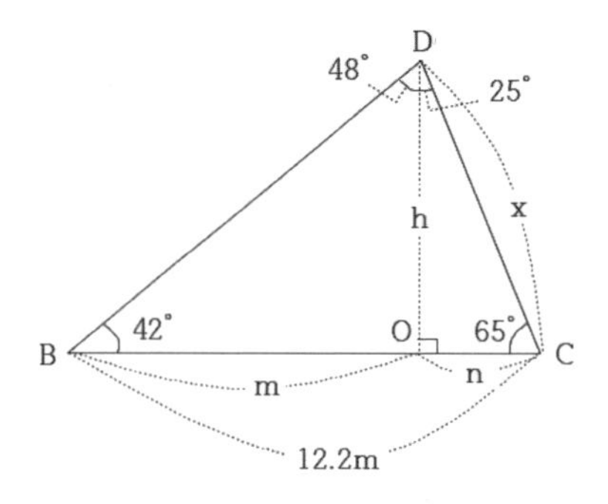

계곡 폭인 x값을 알려면 먼저 $\overline{DO}$의 길이(h)를 알아내야 했다. 잠시 고민하던 황금비는 h를 알아내기 위해 삼각비를 이용한 방정식 두 개를 세웠다.

$$\tan 48° = \frac{m}{h} \quad \therefore m = h \cdot \tan 48°$$
$$\tan 25° = \frac{n}{h} \quad \therefore n = h \cdot \tan 25°$$

선분 BC의 길이는 $m+n$이고 $12.2m$다.

$$12.2 = h \cdot \tan 48° + h \cdot \tan 25° = h(\tan 48° + \tan 25°)$$

이를 통해 h값을 알 수 있다.

$$h = \frac{12.2}{\tan 48° + \tan 25°}$$

황금비는 $tan48°$와 $tan25°$의 값을 찾기 위해 삼각비 표를 떠올렸다. 목걸이가 반응하며 삼각비 표가 선명해졌다.

$$tan48° = 1.1106$$

$$tan25° = 0.4663$$

탄젠트값을 식에 대입하자 높이(h) 값이 나왔다.

$$h = \frac{12.2}{1.1106 + 0.4663} = \frac{12.2}{1.5769} \fallingdotseq 7.7$$

h값을 구했으므로 강의 너비인 x를 구하기는 쉬웠다.

$$sin65° = \frac{h}{x},\ x = \frac{h}{sin65°} = \frac{7.7}{0.9063} \fallingdotseq 8.5$$

한 변의 길이를 알고, 두 각의 크기를 알면 삼각비를 이용해 다른 두 변의 길이를 알 수 있었다. 삼각비는 거리를 측정하는 데 아주 유용했다.

양철나무꾼 강의 너비는 확인했어?

황금비 8.5m예요.

양철나무꾼 그럼 나무 높이만 확인하면 되겠군. 나무 높이는 내가 확인하지.

황금비　아뇨. 그러지 않으셔도 돼요. 여기서 나무까지 거리를 알고, 나무와 이루는 각을 아니 나무 높이는 쉽게 알 수 있어요.

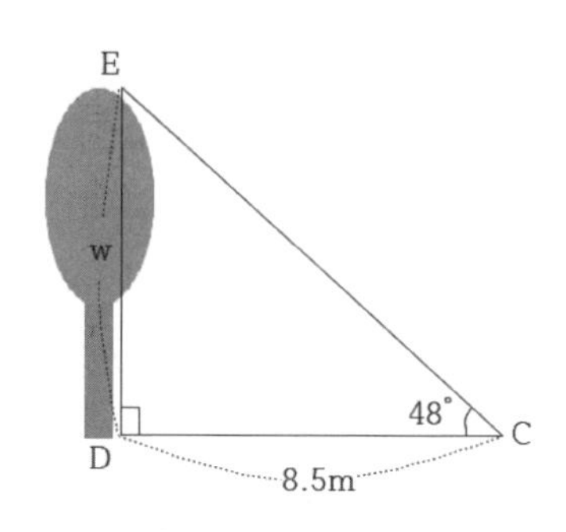

$$tan48° = \frac{w}{8.5}$$

$$w = 8.5 \cdot tan48° = 8.5 \times 1.1106 \fallingdotseq 9.4$$

황금비　폭은 8.5m, 나무 높이는 9.4m예요.

양철나무꾼　최대한 아래로 도끼질을 해야겠군. 나는 뛰어난 나무꾼이라 얼마든지 가능하지.

양철나무꾼은 도끼를 휘둘렀다. 먼저 반대 방향에서 도끼질하더니, 나중에는 쓰러지는 쪽에 집중해서 도끼질했다. 뛰어난 나무꾼답게 땅과 거의 붙은 지점이 잘렸고, 나무는 붉은 강으로 떨어지지 않고 낭떠러지 사이를 연결했다. 황금비는 머뭇거리지 않고 강을 건넜다.

양철나무꾼 네가 퀸이 되겠다고 하니 무척 반갑구나. 너무 오랫동안 퀸의 자리가 비어 있었어. 네가 퀸이 되어 흐트러진 균형을 다시 잡아다오.

황금비 꼭 그럴게요. 걱정하지 마세요.

양철나무꾼 그나저나 네 의견이 궁금한데, 질문을 하나 해도 되겠니?

황금비 얼마든지 하세요.

양철나무꾼 내 몸에 녹이 스는 바람에 나는 오랫동안 손가락 하나 까딱하지 못하고 굳은 채 지냈지. 제자리에서 아무것도 하지 못했기에 계속 생각만 했단다. 오랜 고민 끝에 심장이 사라지면서 내 삶이 고통으로 얼룩졌다는 사실을 깨달았어. 심장이 사라지면서 사랑도 행복도 나에게서 멀어졌거든. 행복하게 살려면 심장이 필요해. 그런데 허수아비는 심장보다 뇌가 더 필요하다고 주장한단 말이지. 네 생각에는 어떠니? 뇌와 심장 중에서 무엇이 더 중요할까?

황금비 둘 다 중요하지 않을까요? 행복을 느끼는 심장도 필요하지만, 지혜를 발휘하고 옳고 그름을 판단하는 뇌도 필요하잖아요? 둘을 균형 있게 사용해야 한다고 생각해요.

양철나무꾼 그래 둘 다 필요하지. 그렇지만 어느 한쪽을 선택해야 하는 상황이 온다면, 너는 무엇을 선택하겠니?

황금비 그건 정말 고민이 되긴 하네요. 행복과 지혜 중에 선택하라고 한다면… 아무래도 행복을 선택하겠죠. 지혜가 넘쳐도 행복을 느끼지 못하면 삶이 삭막해질 테니까.

양철나무꾼은 매우 흡족한 웃음을 지었다. 양철나무꾼은 신이 나서 콧노래까지 불렀다. 섬 끝에 도착하자 양철나무꾼은 낭떠러지 옆에 자라는 나무에 도끼를 댔다.

황금비 잠깐만요. 나무 길이가 강 너비보다 긴지 확인해야죠.

양철나무꾼 아, 그렇지. 내가 너무 기분이 좋아서… 잠시 생각이 짧았어.

이번에는 지형이 단순해서 강 너비와 나무 높이를 파악하는 데 복잡한 과정을 거치지 않아도 되었다. 황금비는 강 너비가 좁은 곳에서 자라는 키가 큰 나무를 찾았다. 일단 대상을 선정하고 나서는 삼각비를 이용해 높이와 너비를 측정하는 방법을 정리했다.

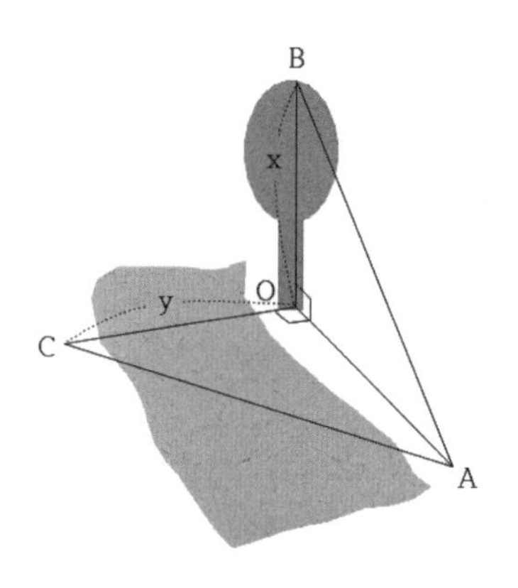

먼저 나무 높이부터 알아내야 했다. 그러기 위해서 먼저 나무에서 일정하게 떨어진 거리에 한 점을 잡고 거리를 측정했다. 그 지점에서 나무 꼭대기를 보며 각도를 측정했다. 직각 삼각형에서 한 변의 길이와 한 각의 길이를 알면 나머지 변의 길이는 삼각비를 이용해 간단하게 계산할 수 있다.

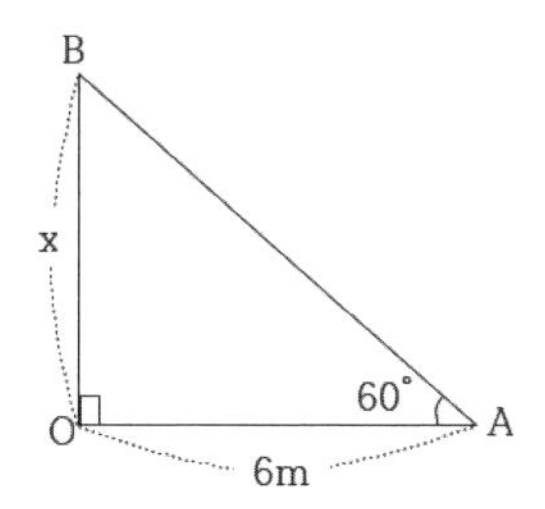

황금비　$tan60°$는 $\frac{x}{6}$이니, x는 $6 \times tan60°$야. $tan60°$는 1.7321이니 x는 대략 10.4m구나.

붉은 강의 너비도 같은 방법으로 측정하면 되었다. 아래 그림과 같은 상황에서 각을 측정하니 57°였다.

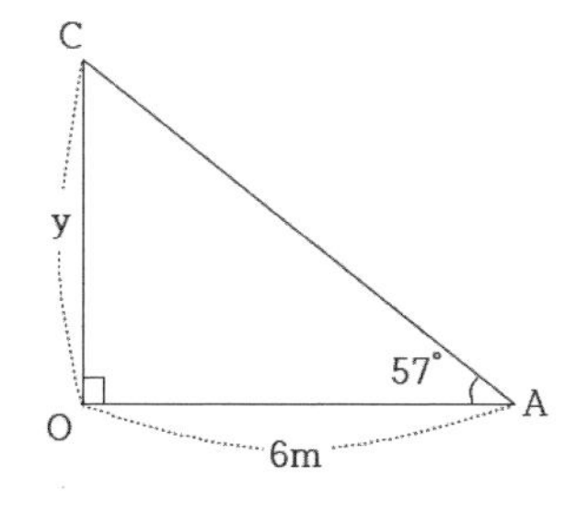

$$tan57° = \frac{y}{6},\ y = 6 \times tan57° = 6 \times 1.5399 \fallingdotseq 9.2$$

양철나무꾼 베어도 되니?

황금비 네. 나무 높이는 $10.4m$, 강의 너비는 $9.2m$이니 충분해요.

양철나무꾼은 황금비의 계산 결과를 듣자마자 곧바로 도끼를 휘둘렀다. 나무는 부드럽게 넘어져서 낭떠러지를 건너는 다리를 만들었다.

황금비 고맙습니다. 나무꾼님이 바라시는 소원은 꼭 이루어 드릴게요.

양철나무꾼 고맙구나. 꼭 퀸의 자리에 오르렴. 뇌보다 심장이 중요하다는 점도 잊지 말고.

양철나무꾼은 강을 건너는 황금비를 끝까지 지켜본 뒤에 도끼를 어깨에 메고는 다시 숲으로 사라졌다. 붉은 강을 건너자 더욱 삭막한 광경이 펼쳐졌다. 생명이라고는 그 흔적을 찾을 수 없었고, 바람마저 숨을 멈추었는지 미풍조차 불지 않았다. 발을 내디딜 때마다 뿌연 먼지가 보라색 길 위에서 나풀거렸다. 어느 순간부터 한 걸음 내디딜 때마다 불쾌한 감정이 점점 진해졌다. 불쾌함과 혐오감이 뒤엉킨 불순한 감정이었다.

황금비 이 기분 나쁜 기운은 도대체 뭐지? 설마….

설마가 아니었다. 황금비는 온몸으로 사악한 존재를 감지하고 있었다.

황금비는 소리가 나지 않게 조심하면서 가방에서 공격용 아이템을 꺼냈다. 양손에 아이템을 쥐고 조심스럽게 발을 내디뎠다. 악한 기운에 눌려 먼지조차 바닥에 납작 엎드렸다. 조금씩 알아듣지 못하는 말소리가 들렸다. 혼자 중얼거리는 소리인데 아무래도 사악한 주문 같았다. 황금비는 주문을 외우는 소리가 들리는 곳으로 조용히 다가갔다. 작은 돌무더기가 곳곳에 쌓인 곳 너머로 거대한 동굴이 나타났는데, 주문은 바로 거기서 들려왔다.

황금비 저… 자가… 하이드!

자신도 모르게 목소리가 떨려 나왔다. 메좀비를 정면으로 마주해도 조금도 두렵지 않던 황금비였지만 하이드를 보고는 등에 소름이 돋았다. 인간이되 인간이 아니었다. 짙푸른 천은 머리와 어깨, 몸통과 다리를 감싸며 바닥으로 넓게 퍼졌다. 강인한 가슴 근육에는 피로 쓴 글씨가 선명하고, 울퉁불퉁한 복근에는 핏물이 스멀스멀 비집고 나왔다. 손등에는 핏줄이 꿈틀거리고 손톱은 시커멓게 멍들었다. 검붉은 낯빛은 사악한 표정을 만나 공포를 자아냈다. 천이 끌릴 때마다 붉은 피가 고대 문자를 흔들었다.

하이드는 작은 돌 인형을 움켜쥐고 주문을 외웠다. 처음에는 형태도 불분명한 돌 인형이었지만 주문을 외우자 섬세한 형태를 갖춘 인형으로 탈바꿈했다. 인형 머리에서 핏빛을 머금은 실이 뻗어 나왔는데, 그 실은 동굴 벽을 타고서 땅으로 스며들었다. 황금비 눈에는 그 실이 땅속으로 얼키설키 얽혀서 지하수처럼 뻗어 나가는 게 보였다. 목걸이가 지닌 능력 때문이었다.

황금비는 실 한 가닥에 집중했다. 처음에는 뒤죽박죽이던 실이 점점 선명해졌다. 실은 퀸의 섬을 타고 길게 이어지다 어느 한 지점에서 전혀 다른 공간으로 빠져나갔다. 관문을 지나는 데 쇠갈고리를 단 손이 보였다. 관문을 빠져나가니 사정없이 뒤틀리고 요동치는 통로로 이어졌고, 곧 이어 환한 빛이 나타나며 일반 메타버스 행성이 나타났다. 핏빛 실은 메타버스 연결망을 타고 빠르게 이동하더니 어느 아이 아바타와 이어졌다.

이제 갓 열 살이 넘은 아이였다. 멀쩡하게 활동하던 그 아이는 핏빛 실이 이어지자 눈빛이 뿌옇게 흐려지며 좀비에 물린 감염자처럼 고통스러워했다. 황금비는 핏빛 실을 따라 아바타 안으로 정신을 들여보냈다. 층층이 쌓인 보호막을 뚫고 핏빛 실은 심연으로 이어졌다. 그곳은 바로 신경연결망을 이루는 중추였고, 아바타를 실제 조종하는 주인과 연결하는 신경계였다.

황금비　　이… 이런… 잔인한… 꿈이라니!

묘사하기도 싫고, 떠올리기도 끔찍한 악몽이었다. 성숙한 어른이 꾸어도 공포에 떨며 며칠은 괴로워할 꿈이었다. 악몽은 깊은 영혼의 골짜기에 악령을 심었다. 악령은 실제 삶을 검붉은 빛으로 더럽히고, 세상을 향한

적의를 품게 만드는 무시무시한 사슬이었다.

황금비　　메타버스가 아니라 현실 세계에도 영향을 끼치다니… 하이드는 그냥 메타버스에 존재하는 캐릭터인데… 이런 어처구니없는 일이 어떻게 벌어지게 되었지?

이제껏 한 번도 느껴 본 적이 없는 두려움이 황금비를 무섭게 짓눌렀다. 전투행성에서 수많은 전투를 치르면서도 티끌만한 두려움을 느껴 본 적이 없는 황금비였다. 현실 세계에서도 마찬가지였다. 하이드가 자신보다 강해서 느끼는 두려움이 아니었다. 전투행성에서 싸움을 벌인 적들 가운데 자신보다 강한 자는 많았다. 그때도 황금비는 두렵지 않았고, 오히려 전투력이 올라갔다. 메좀비는 이제껏 마주한 괴물 중에 가장 강했지만, 그때도 두렵지 않았다. 친구들을 구해야 한다는 일념이 훨씬 강했다. 하이드는 결이 달랐다. 마음 깊이 내재한 어둠을 건드렸다. 인간 심연에 깃든 원형의 공포를 깨어나게 했다. 수백만 년에 걸쳐 이루어진 진화의 시간 동안에 두려움은 한없이 약한 인간을 위험한 생존경쟁 세계에서 살아나게 했다. 그렇지만 인간을 지켜 낸 그 두려움으로 인해 인간의 영혼은 위험한 약점을 지니게 됐다. 내일이 두려워 탐욕을 부리게 하고, 배신이 두려워 신뢰를 저버리게 하며, 죽음이 두려워 악마를 키웠다. 일단 공포에 휘말리자 말단 신경세포까지 긴장으로 덜덜덜 떨렸다.

황금비 이러면 안 돼! 두려움은 내가 만들어. 하이드는 내 두려움을 먹는 괴물이야. 내가 두렵지 않으면 하이드는 아무것도 아니야. 나는 최강 전사 황금비! 내가 내 주인이고, 나는 내 뜻대로 살아! 날 자기 마음대로 조종할 수 있는 존재는 세상에 없어!

아랫입술을 세게 깨물었다. 입술에 피멍이 들었다. 신경을 자극하던 두려움이 입술로 모이더니 핏빛으로 뭉쳐서 살갗을 가르고 흘렀다. 핏물을 타고 두려움이 빠져나갔다. 황금비는 간신히 두려움을 떨쳐 냈다. 손에 쥔 아이템에 힘을 주었다.

하이드는 돌 인형을 바닥에 내려놓고 두 손을 넓게 펼쳤다. 손가락 마디마디가 낮고 잔인한 마찰음을 냈다. 하이드는 온 신경을 돌 인형에 집중했다. 한 곳에 집중하면 외부 위협을 감지하는 신경은 둔화한다. 공격을 가할 적절한 기회였다. 그런 기회를 놓칠 황금비가 아니었다. 전투행성에서 최강 전사에 오른 핵심 비결 가운데 하나가 기회 포착 능력이었다. 기회는 신중하게 고르고, 기회를 포착하면 일순간도 망설이지 않고 가장 강력한 수단으로 타격하기, 이제껏 황금비가 초지일관 지켜 온 원칙이었다.

아이템구슬은 하이드 바로 앞에서 터졌다. 돌 인형에 집중하던 하이드는 무방비 상태에서 공격을 받자 아무런 방어도 못 하고 폭발력에 휩쓸렸다. 동굴 벽에 강하게 충돌한 하이드는 본능에 따라 반격을 하려고 했지만, 또다시 구슬이 터지며 강한 충격을 받았다. 잇따른 공격에 큰 상처를 입은 하이드는 자신을 공격한 자가 여린 소녀인 걸 보고 너털웃음을 터트렸다. 악인이 토해 내는 웃음은 돌조각마저 사시나무처럼 떨게 했다. 하이드는 굵은 핏덩어리를 내뱉고는 자신을 공격하는 적을 향해 주먹을 휘둘렀다. 이런 소녀 따위는 주먹 한 방으로 쓰러뜨릴 수 있다는 자신감을 엿볼 수 있는 공격이었다. 그러나 자신감은 당혹감으로, 당혹감은 고통으로 되돌아왔다. 주먹은 허공을 갈랐고 옆구리에 여린 소녀의 공격이라고는 짐작조차 하지 못할 강한 발길질이 가해졌다. 그 충격에 머리가 멍해지고, 잠깐이지만 숨조차 쉴 수 없었다.

강한 적이었다. 방심을 거두고 맹렬하게 왼 주먹을 휘둘렀다. 이번에도 주먹은 허공만 갈랐고, 또다시 급소를 강타당했다. 뼈가 부러지고 내장이 찢어졌다. 핏덩이가 울컥 목구멍을 타고 넘어왔다. 하이드는 동굴 벽에 세워둔 칼을 집으려고 했으나 칼은 이미 자신을 공격한 적의 손에 들어간 뒤였다. 바위도 뚫어 버릴 기세로 칼끝이 심장을 찌르고 들어왔다. 조금만 늦었다면 심장이 꿰뚫릴 뻔했다. 그러나 완전히 피하지는 못해서 팔뚝 근육이 찢어지고 살점이 뜯겨 나갔다.

하이드　　그 폭탄만 아니었다면….

하이드는 겉에 걸친 천을 적을 향해 집어 던졌다. 천은 동굴 전체를 가리며 적과 자신을 가로막았다. 적이 천을 뚫고 나오는 사이에 도망칠 거리를 확보할 수 있었다. 적은 맹렬하게 자신을 쫓아왔다. 거리가 점점 좁

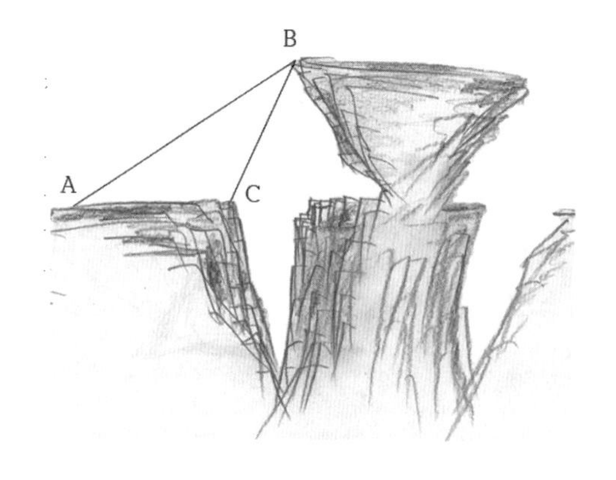

혀졌다. 이대로 가면 잡혀서 죽을 게 뻔했다. 하이드는 위험에 대비해 준비해 놓은 계곡으로 도망쳤다. 깊은 계곡에는 용암이 흐르고, 바위는 역삼각형이라 다리가 없으면 오를 수 없는 곳이었다. 그 위에는 하늘로 도망칠 기구가 준비되어 있었다. 하이드는 역삼각형 바위를 오른 뒤에 장대로 된 통로를 무너뜨렸다. 적은 용암 골짜기와 역으로 꺾인 절벽에 막혀 더는 추격해 오지 못했다.

하이드는 잠시 몸을 추스르고는 자신을 추격해 온 적을 자세히 관찰했다. 겉으로 보기에는 나약한 소녀였다. 목에 두른 특이한 목걸이만 빼면 평범한 아바타였다. 아무리 봐도 자신보다 강할 것 같지 않았다. 폭탄으로 인한 충격파만 아니었다면 가볍게 제압할 수 있었을 것이라는 판단이 들었다. 도망을 치려던 하이드는 마음을 고쳐먹고 반격을 준비했다.

절벽 밑까지 추격해 온 황금비는 지형과 바닥에 흩어진 장대를 살피더니 바위를 오를 방법을 바로 찾아냈다. 그것은 바로 장대를 이용해 뛰어오르는 방법이었다. 장대로 다리를 놓으면 좋겠지만, 하이드가 다리를 걸치고 올라오는 것을 가만히 둘 리가 없었다. 그러나 장대로 뛰어오르면 하이드가 반격할 틈을 주지 않고 공격할 수 있을 듯했다. 일단 장대를 이용해 오르려면 바닥에서 바위 위까지 높이를 알아야 했다. 계곡의 폭도 고려하여 적절하게 장대의 길이를 조절해야 했다. 장대높이뛰기를 하려면 무작정 긴 장대를 이용하면 안 되고, 힘과 속도, 높이를 고려해서 가장 적정한 길이를 선택해야 하기 때문이다.

용암 계곡 때문에 탄젠트를 바로 적용해 높이를 파악할 수는 없었다. 황금비는 도형을 그린 뒤, 고심 끝에 높이를 측정할 방법을 찾아냈다. 일단 $\angle A$와 $\angle C$의 크기를 파악하고, 밑변 $\overline{AC}$의 길이를 측정했다. $\angle A$는 16°이고, $\angle C$는 143°이며, 밑변 $\overline{AC}$의 길이는 $10m$였다.

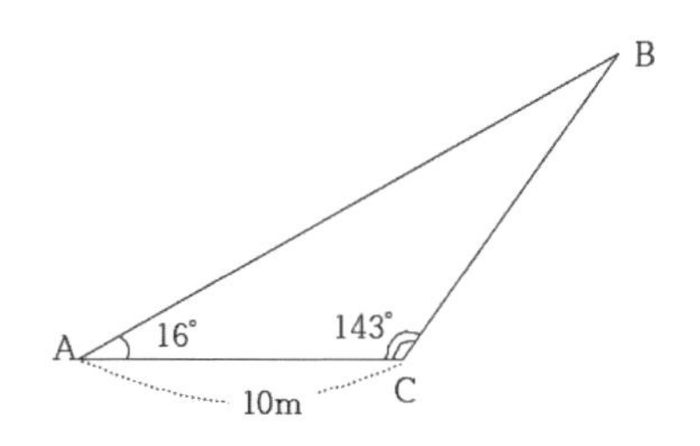

이를 바탕으로 연장선과 수선을 그린 뒤, 나머지 삼각형의 각도를 계산했다. 삼각형 내각의 합은 180°라는 성질은 이럴 때 아주 유용했다.

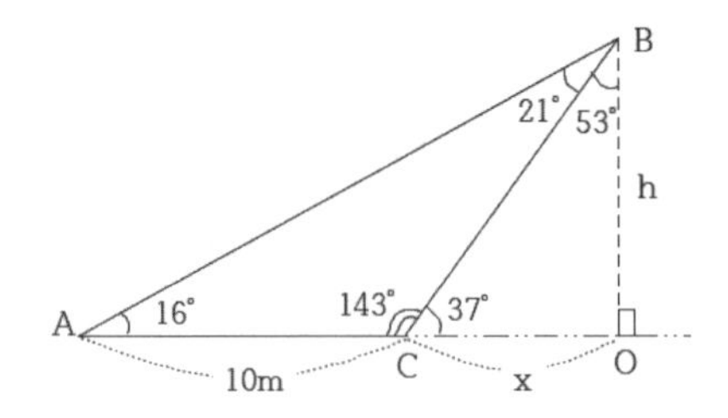

계산에 필요한 모든 수치는 준비되었으므로 이제 삼각비를 이용해 높이(h)와 계곡의 폭(x)을 계산하면 되었다.

$$tan53° = \frac{x}{h},\ x = h \cdot tan53°$$
$$tan74° = \frac{10+x}{h},\ x = h \cdot tan74° - 10$$
$$h \cdot tan53° = h \cdot tan74° - 10$$
$$h \cdot tan74° - h \cdot tan53° = 10$$
$$h \cdot (tan74° - tan53°) = 10$$
$$h = \frac{10}{tan74° - tan53°} = \frac{10}{3.4874 - 1.3270} = \frac{10}{2.1604} \fallingdotseq 4.63$$

계산을 마친 황금비는 잠시 이마를 찡그렸다. 장대로 올라가야 할 높이가 생각보다 높았다. 장대높이뛰기 여자부 최고기록은 5m를 간신히 넘는다.[4]

이곳이 아무리 환상행성이라고는 하나 어쨌든 메타버스이고, 메타버스는 현실 세계의 물리법칙과 같은 원리가 작용한다. 4.63m나 되는 높

4 여자 장대높이뛰기 최고기록 : 5.06m(옐레나 이신바예바, 러시아, 2009.08.28.)

이를 뛰어넘을 수 있을까? 기회는 딱 한 번뿐이다. 밑에는 용암이 흐르니 실패는 곧 소멸이었다.

황금비 나답지 않아. 하이드를 만나고 없던 두려움이 생겼어.

황금비는 결심을 굳히자 주위에 떨어진 장대 가운데 강하고 탄력이 좋은 것을 골랐다. 적당한 길이로 자른 뒤에 장대를 짚을 곳도 물색했다. 장대를 들고 왔다 갔다 하니 하이드가 위에서 힐긋 자신을 살피는 게 보였다.

황금비 하이드가 내 의도를 눈치채면 안 돼. 다리를 만드는 척해야겠어.

황금비는 하이드를 살피면서 다리를 만드는 시늉을 했다. 하이드는 거만하게 웃으며 여유를 부렸다. 절벽 위를 살피던 황금비는 하이드가 잠깐 사라진 사이에 장대를 들고 빠르게 뛰었다. 장대 끝을 건너편 목표 지점에 정확히 짚으면서 온 힘을 다해 도약했다. 몸이 위로 치솟아 올랐다. 장대가 수직에 도달했을 때 힘껏 밀었다. 발끝이 돌에 닿았다. 몸을 뒤로 구르면서 등에 묶어 둔 칼을 뽑았다. 공격을 준비하던 하이드는 갑자기 나타난 황금비를 보고 당황했다. 하이드답게 금방 정신을 차리고 반격하려고 했으나 주춤하며 당황했던 찰나가 승부를 갈랐다. 황금비가

든 칼이 하이드의 가슴을 그대로 관통해 버렸다.

하이드 너는 도대체 누구인데…, 왜 나를…. 그렇구나… 지킬이… 크흐흐….

황금비 지킬 박사님이 한 부탁도 있지만, 당신이 저지르는 악행을 그냥 둘 수는 없었어.

가슴에 칼이 박힌 채 신음을 흘리던 하이드의 외모가 점점 변했다. 사악한 기운이 사라지고 선한 표정이 나타났다.

지킬 고맙구나. 나를 해방시켜 줘서…. 이제 하이드는 끝났으니 이 칼을 제거해 다오. 숨이 답답하구나.

황금비 괜찮으세요?

지킬 그래. 똬리를 튼 악의 심장이 네 칼에 정확히 찔리면서 깨졌구나. 네가 … 내 목숨을 구했어. 여기 지혈제가 있으니 칼을 뽑고 발라 주렴….

황금비는 지혈제를 받은 뒤 칼을 조심스럽게 뺐다. 지혈제는 곧바로 효과를 발휘했다. 피가 곧바로 멎었다.

지킬 저기 있는 병을 내게 주렴. 부러진 뼈와 몸이 되돌아오게 만드는 약이란다.

황금비는 몸을 돌려 그 병을 집으려 하였다. 바로 그때, 지킬이 씨익 웃더니 바닥에 떨어진 쇳조각을 들어서 황금비를 찔렀다. 날카로운 쇠끝이 황금비 뒤통수에 박히려고 하는 위험한 찰나에 황금비 몸이 빙글 돌았다. 손에 든 칼이 번개처럼 뻗어 나가 하이드의 심장을 꿰뚫었다.

하이드 어… 떻… 게…?

황금비 전투행성에서도 이런 속임수는 유치하다고 안 써.

하이드 지킬이… 왜 널… 택했는지 … 알겠….

황금비 지킬 박사님뿐 아니라 프로메테우스도 나를 택했지. 잘 가라. 악의 심장을 가진 이여!

황금비는 하이드 몸을 발로 밀치면서 칼을 빼고는 뒤로 넘어지는 하이드를 향해 다시 칼을 휘둘렀다. 하이드는 몸과 머리가 분리되어 용암에 떨어졌고, 한 줌 연기만 남긴 채 소멸했다.

황금비 지킬 박사님, 편히 쉬세요.

03. 후크선장과 삼각형의 넓이

: 삼각비와 넓이 :

돌 인형을 모두 파괴했음에도 핏빛 실은 사라지지 않았다. 핏빛 실은 보라색 길과 만나고 어긋나기를 거듭하며 같은 방향으로 흘렀다. 황량한 벌판이 곧 끝났고 나무와 넝쿨과 풀이 무성한 정글이 나타났다. 수풀은 무성했지만, 짐승은 한 마리도 안 보였다. 심지어 그 흔한 풀벌레 소리마저 들리지 않았다. 정글에 어울리지 않는 침묵은 야릇한 두려움을 일으켰다. 하늘조차 사라진 깊은 정글을 지날 때가 되어서야 침묵은 깨졌다. 북소리가 두 번 울리고 아이들이 왁자지껄 떠드는 소리가 들렸다. 아이들이 북을 치며 노는 장면을 상상했지만, 실제로 마주친 광경은 정반대였다.

황금비　　저 해적들은… 후크선장의 부하들인데….

재잘거리며 나무 구멍에서 튀어나온 아이들은 곧바로 해적들에게 붙잡혔다. 해적들은 어린아이들을 하나씩 붙잡아서 등에 들춰 멨다. 고요하던 숲은 해적들이 부르는 노래로 시끄러워졌다. 해적들이 휘두르는 칼에 정글이 찢기며 새로운 길이 열렸다. 황금비는 해적들을 따라갈지, 아니면 보라색 길로 계속 갈지를 두고 고민하다 해적들을 뒤쫓았다. 단지 아이들을 구하기 위함은 아니었다. 해적들이 가는 길로 핏빛 실이 다발을 이루며 흘렀기 때문이다. 핏빛 실은 개울가에 세워진 낡은 통나무집으로 모여들었다. 통나무집 밑으로 환상행성과 전혀 어울리지 않는 에너지 다발이 느껴졌다.

황금비　　저곳이 환상행성 밖으로 실이 흘러나가는 통로구나. 그나저나 저 아이들을 붙잡아다가 뭘 하려는 거지?

해적들은 통나무집 입구에 줄을 지어 서더니 한 명씩 안으로 들어갔다. 아이를 들춰 메고 들어간 해적은 2분쯤 지난 뒤에 혼자서 밖으로 나왔고, 그다음 해적이 뒤를 이어 들어갔다. 몇 번 그 모습을 지켜보던 황금비는 통나무집 안에서 무슨 일이 벌어지는지 알아보기 위해 조용히 통나무집으로 접근했다. 아이를 안에 두고 나온 해적들은 바쁘게 다른 데로 사라졌기에 통나무집 앞에는 해적들이 몇 명 없었고, 그로 인해 통나무집으로 접근하기는 수월했다.

통나무집 벽에는 구멍이 없어서 안을 들여다보기 불가능했지만, 지붕에는 작은 구멍이 숭숭 뚫렸기에 안을 들여다보기 쉬웠다. 바닥에는 수없이 많은 삼각형이 빈틈없이 얽히고설켜 있었다. 입구 쪽에 좁은 공간을 빼고는 온통 삼각형이었다. 아이를 들춰 메고 입구에 들어선 해적은 문 옆에 달린 모니터를 누르더니 손목에 찬 시계를 그곳에 댔다. 시계에서 푸른빛이 나오면서 영상이 나타났다. 아쉽게도 황금비가 있는 곳에서는 영상이 무엇인지 확인할 수 없었다. 해적은 영상을 눈앞에 바짝 댄 채 삼각형을 골라서 밟으며 앞으로 나아갔다. 물 위로 튀어나온 징검다리를 밟고 가는 모양새였다. 비슷한 형태인 삼각형을 밟는 줄 알았는데 모양은 일정하지 않았다. 반대편 벽면에 해적이 도착하자 통나무 벽이 투명해졌다. 해적이 아이를 투명 벽으로 던지자 아이는 진흙탕으로 빨려드는 돌처럼 쑥 빨려 들어갔다. 아이를 던져 넣은 해적은 조금 전에 밟았던 삼각형을 다시 밟고 문으로 빠져나갔다.

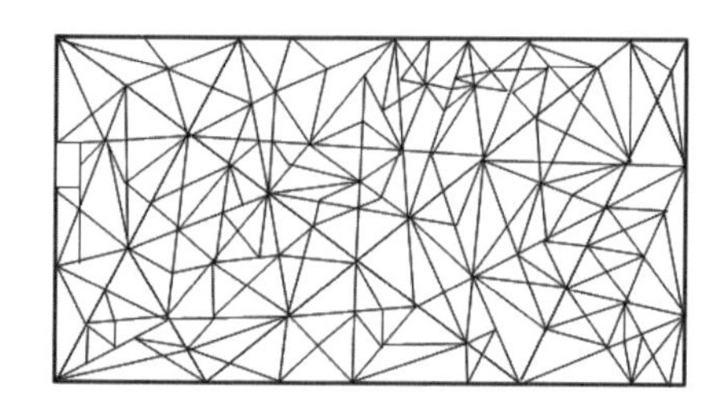

뒤이어 들어온 해적도 문 옆에 달린 모니터에 시계를 대고는 시계에 뜬 영상을 보며 삼각형을 밟고 건넜다. 이번에는 조금 전 해적과는 다른 삼각형이었다. 아무래도 크기가 일정한 범위 안에 들어가는 삼각형만 밟는 듯했다. 끝에 도착한 해적은 이번에도 투명한 벽에 아이를 던져 넣고는 되돌아갔다. 해적들이 다 사라지자 황금비는 밑으로 내려가서 통나무집 문을 열고 안으로 들어갔다. 모니터를 켰지만, 반응이 없었다.

황금비 　해적이 찬 시계라도 훔쳐 와야 하나….

잠시 고민하던 황금비는 혹시나 하는 마음에 목걸이를 모니터 가까이에 댔다. 기대했던 대로 모니터에서 푸른빛이 돌며 부등식이 나타났다. 그와 동시에 삼각형에서도 일정한 숫자들이 생성되었다.

황금비 　이거였어. 이 부등식은 밟아야 할 삼각형의 면적을 가리키고, 저 삼각형의 숫자들은 면적을 알 수 있는 실마리야.

황금비는 삼각형에서 나타나는 숫자와 모양을 꼼꼼하게 살폈다. 숫자와 각도가 나타나는 형식은 크게 두 가지 종류로 나뉘었다. 두 변과 그사이에 끼인 예각의 값이 보이는 종류가 하나 있고, 두 변과 그사이에 끼인 둔각의 값이 보이는 종류가 하나 있었다.

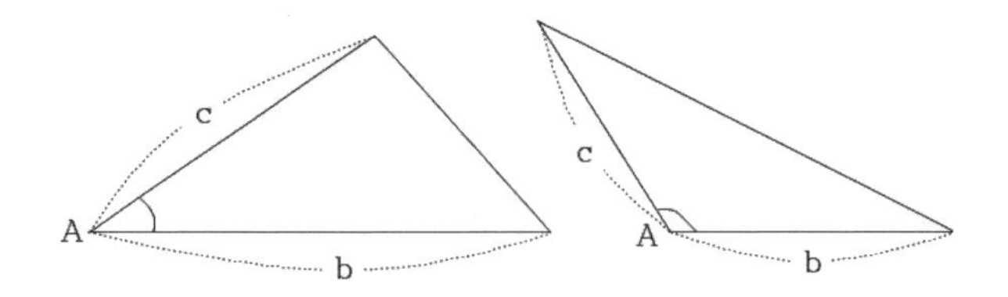

일일이 하나씩 계산하면서 가기에는 시간이 너무 오래 걸렸다. 삼각형의 종류별 특성에 맞게 공식을 두 가지로 세워 놓고 숫자만 집어넣으면 값이 나오게 하는 게 효율이 좋은 방법이었다. 먼저 예각을 끼인각으로 하는 삼각형부터 공식을 정리했다.

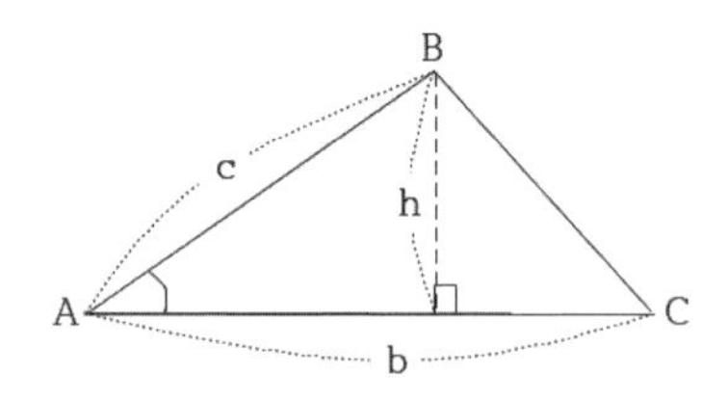

황금비 삼각형의 면적을 계산하려면 높이를 먼저 알아야 해. 높이(h)를 알려면 $\angle A$의 사인값을 이용해야 하고.

$$sinA=\frac{h}{c}$$
$$h=c\cdot sinA$$

황금비 삼각형의 면적은 '$\frac{1}{2}$×밑변×높이'이니 h값을 넣으면… 끼인각이 예각인 삼각형의 면적은….

$$\frac{1}{2}bc \cdot sinA$$

공식을 적은 황금비는 끼인각이 둔각인 삼각형의 면적 공식도 마저 정리했다.

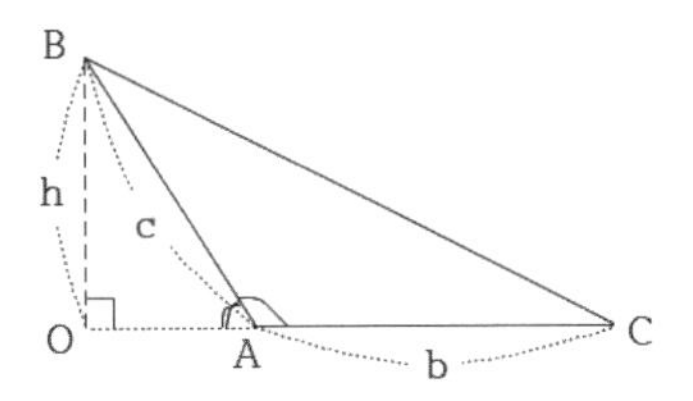

황금비 $\angle A$로는 h값을 구할 수가 없어. 그러면 $\angle A$의 외각을 이용해야겠구나. 외각은 '$180^\circ - A$'이니까 이걸 활용해야겠어.

$$sin(180^\circ - A) = \frac{h}{c}$$
$$h = c \cdot sin(180^\circ - A)$$

황금비 삼각형의 면적은 '$\frac{1}{2}$×밑변×높이'이니 h값을 넣으면… 끼인각이 둔각인 삼각형의 면적은….

$$\frac{1}{2}bc \cdot sin(180^\circ - A)$$

삼각형 형태에 맞춰 공식 두 개가 정리되자 계산은 일사천리였다. 목걸이가 지닌 힘 덕분에 계산이 바로 되었기 때문이다. 황금비는 모니터에 나온 부등식 값에 맞는 삼각형만 밟으며 안전하게 반대편 벽면에 이르렀다. 마지막 삼각형을 밟자 벽면이 투명하게 변했다. 벽체 안에 아이들이 있을 줄 알았는데 허공에 뜬 육면체 상자만 보였다. 육면체 상자는 끊임없이 요동하며 모양이 변했는데, 형태가 뒤틀릴 때마다 핏빛이 선명한 실의 다발이 바닥으로 스며들었다.

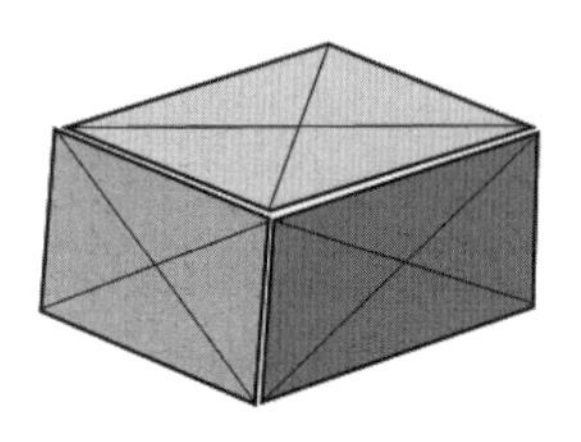

황금비　저 육면체 상자가 마치 웜홀처럼[5] 공간을 뒤틀리게 만들어서 핏빛 실을 메타버스까지 넘어가게 하는 핵심 연결망이구나. 저걸 그대로 두면 앞으로도 계속 악용이 될 거야.

황금비는 투명한 벽으로 들어갔다. 마치 젤처럼 몸이 빨려들었다. 사각형 여섯 개가 서로 살짝 떨어져서 맞물린 육면체는 끊임없이 크기와 모양이 변했다. 육면체 형태는 계속 유지했지만 비틀리고 길이와 각도가 수시로 변했기에 마치 살아 움직이는 생명체 같았다. 가끔 틈새가 넓게 벌

5 웜홀.
아주 멀리 떨어진 두 공간을 짧게 잇는 물리 이론상의 통로. 벌레(*Worm*)가 사과 한 쪽에서 반대쪽까지 이동할 때 가운데로 뚫어 놓은 구멍(*Hole*)으로 지나가면 빠르게 갈 수 있는 것에 비유해서 지은 이름이다.

어졌는데 그럴 때마다 안에 갇힌 아이들이 보였다. 몸집 크기가 이상했지만, 분명히 아이들이었다. 처음에는 너클리드가 만들어 낸 환상행성 속 캐릭터인 줄 알고 관심을 두지 않았는데 목걸이 반응을 따라가다가 기겁을 했다.

황금비 핏빛 악몽이 저 캐릭터를 매개로 해서 메타버스를 이용하는 아이들에게도 영향을 끼치다니…. 이 아이들이 그냥 캐릭터가 아니었단 말이야?

방식이 조금은 달랐지만 후크선장도 하이드와 거의 똑같은 짓을 벌이고 있었다. 육면체를 어떻게든 깨뜨려야 했다. 아이템구슬을 이용해 폭발을 시키면 쉽게 소멸하겠지만 폭발이 아이들에게 어떤 영향을 끼칠지 알 수 없기에 그 방법은 포기했다. 이런저런 고민 끝에 단순한 방법을 선택했다. 검을 단단히 잡고 틈새가 크게 벌어진 틈을 노려서 찔러 넣었다. 검을 통해 파동이 전해졌다. 면과 면이 더 벌어지도록 있는 힘껏 검을 틀었다. 붙으려는 면과 벌리려는 칼이 충돌하며 마찰음을 일으켰다.

황금비 벌어진다… 이런….

잠깐 벌어지던 육면체가 크게 뒤틀리더니 육면체 중 한 면이 푸르게 물들면서 강한 에너지파가 황금비를 향해 폭발했다. 공간을 가득 채우며 쏟아지는 에너지파였기에 피할 데가 없었다. 두 손에 칼을 움켜쥐고 칼날로 얼굴과 심장을 막았다. '찌이잉' 소리와 함께 에너지파가 황금비를 때렸다.

황금비 휴… 반지방패가 이럴 때 다시 작동하다니… 천만다행이네.

에너지파가 반지를 때리자 자동으로 방패가 형성되면서 충격을 막아낸 덕분에 황금비는 큰 타격을 입지 않았다. 그러나 공격은 한 번으로 끝나지 않았다. 육면체가 요동을 치면서 일정한 간격으로 황금비를 향해 에너지파를 쏟아냈다. 공간이 넓지 않아서 피할 데가 마땅치 않았기에 반지방패로 막는 수밖에 없었다. 그런데 어떨 때는 충격이 방어막을 넘어서 전해지기도 했다.

황금비 반지방패의 방어력 설정이 낮아서 충격이 전해지는 거였어.

방패 안쪽 면에 방어력 세기를 설정하는 화면을 만지면 방어력이 조정이 되었다. 방어력을 최대치로 높였다. 육면체가 뿜어낸 에너지파는 방패에 닿자마자 튕겨 나가더니 그대로 육면체로 되돌아갔다. 육면체는 되돌아온 에너지파에 깨질 듯이 흔들렸다. 그대로면 육면체가 얼마 지나지 않아 깨질 듯했다. 그러나 부작용이 있었다. 되돌아간 충격파가 핏빛 실을 타고 현실의 아이들에게 타격을 가한 것이다.

황금비 아이들에게 충격이 전해지다니…. 저 정도 충격이 어린아이의 뇌에 전해지면 정서에 심각한 타격이 가해질 수도 있어. 방어력을 낮추면 내가 충격을 받고, 방어력을 높이면 아이들이 충격을 받아.

에너지파의 공격 강도에 맞춰 그때그때 설정을 바꾸는 수밖에 없었다. 문제는 에너지파의 세기가 어느 정도인지 파악하는 방법이었다.

황금비 분명히 방법이 있을 거야. 목걸이의 힘을 이용하면….

황금비는 목걸이에 신경을 집중시켰다. 신경망이 목걸이를 자극했고, 목걸이는 미묘한 전기신호를 황금비에게 되돌려 보냈다. 목걸이와 황금비 사이에 교감력이 높아졌다. 목걸이 위쪽의 붉은 부위가 진짜 불처럼 맹렬하게 타올랐다. 불꽃이 강해지고, 교감력이 향상하자 육면체의 본질이 서서히 드러났다.

황금비 모든 물질이 원자로 이루어지듯이, 모든 다각형은 삼각형으로 이루어진다. 사각형도 결국 삼각형이 기본이다. 삼각형은 직삼각형으로 그 성질이 드러난다. 에너지파의 크기는 분출되는 한 면의 면적이다. 사각형의 면적은 직각 삼각형을 활용해 계산할 수 있다.

목걸이는 에너지파를 분출하는 육면체가 지닌 성질도 드러냈다. 에너지파가 분출되는 면이 평행사변형일 때는 두 변의 길이와 그 끼인각의 크기를 알려주었다. 일반 사각형일 때는 두 가지 방식으로 변과 길이를 알려주었다. 첫째는 네 변의 길이와 마주 보는 두 각의 크기를 알려 주는 방식이었고, 둘째는 두 대각선의 길이와 교각을 알려 주는 방식이었다.

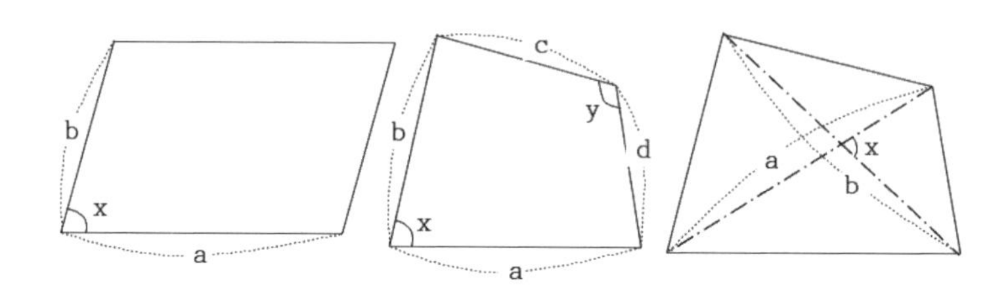

먼저 두 변의 길이와 그 끼인각의 크기를 알려 주는 평행사변형일 때부터 면적을 계산하는 공식을 정리했다.

황금비　평행사변형은 마주 보는 두 변의 길이와 두 각의 크기가 서로 같아. 그러니 대각선을 그려서 나오는 두 삼각형은 합동이야. 따라서 한 삼각형의 면적만 알면 전체의 면적은 바로 계산할 수 있어.

황금비는 먼저 평행사변형에서 점 B와 점 D를 잇는 대각선을 긋고, 점 B에서 $\overline{AD}$를 향해 수선을 내렸다. 이제 ΔABD의 면적을 알아내면 되는데, 그것은 삼각비를 활용해서 구할 수 있었다.

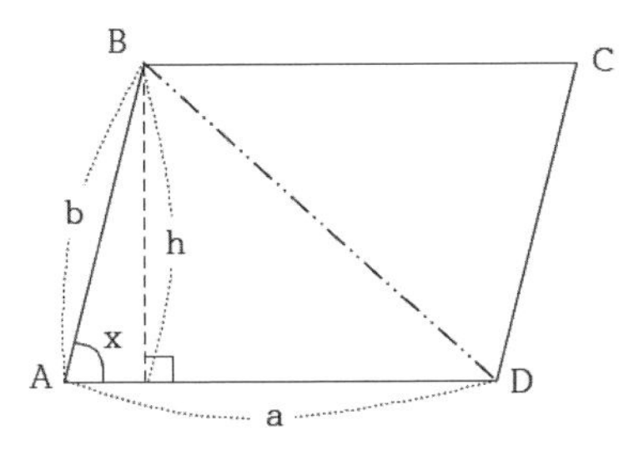

황금비 　이런 삼각형의 면적을 구하는 방법은 이미 목걸이에 저장이 되어 있지.

$$\frac{1}{2}ab \cdot sinX$$

황금비 　삼각형 *ABD*와 삼각형 *CDB*는 합동이니 평행사변형 면적은….

$$2 \cdot \frac{1}{2}ab \cdot sinX = ab \cdot sinX$$

이렇게 식을 만들고 나니 평행사변형에서 나오는 에너지파의 크기는 바로바로 파악할 수 있었다. 덕분에 방어력을 적절하게 설정해서 막아 낼 수 있었다. 에너지파는 완벽하게 흡수되어 황금비에게 타격을 가하지도 못하고, 아이들에게 충격을 주지도 못했다.

다음으로 네 변의 길이와 마주 보는 두 각의 크기를 알려 주는 사각형의 면적을 계산하는 공식을 정리했다. 먼저 점 *B*와 점 *D*를 잇는 대각선을 그었다.

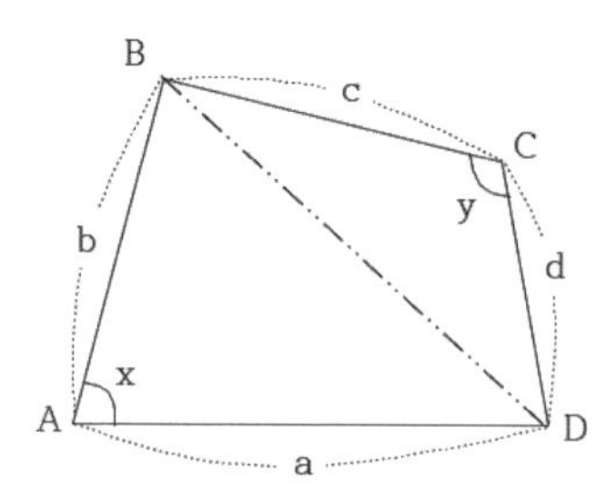

이렇게 되자 □$ABCD$는 ΔABD와 ΔBCD로 나뉘었다. 이런 형태로 된 삼각형의 면적을 계산하는 공식도 이미 목걸이에 저장되어 있었다.

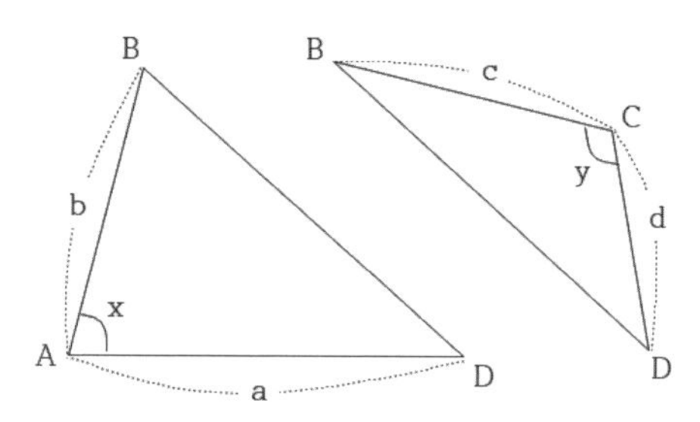

$$\frac{1}{2}ab \cdot sinX + \frac{1}{2}cd \cdot sin(180^{\circ} - Y)$$

마지막으로 두 대각선의 길이와 교각을 알려 주는 사각형의 면적을 계산하는 공식을 정리했다.

사각형을 그려 놓고 보니 언뜻 어떻게 할지 떠오르지 않았다. 주어진 값으로는 도저히 사각형의 면적을 계산할 수 없을 듯했다.

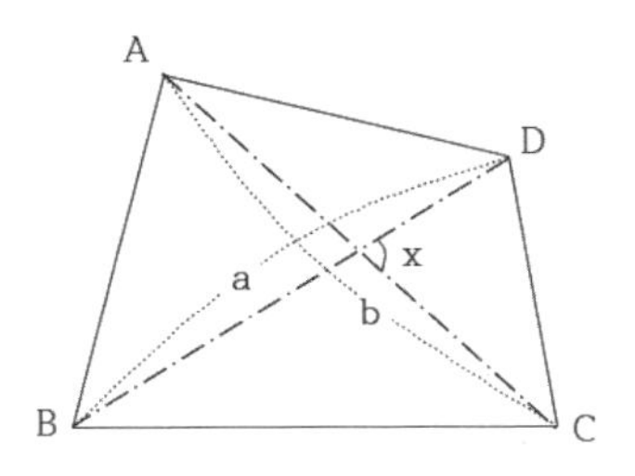

황금비　목걸이는 불가능한 실마리는 주지 않아. 저 안에 분명히 계산 가능한 방식이 숨겨져 있을 거야? 핵심은 저 대각선이니, 저 대각선을 이용할 방법을 찾아야 해.

황금비는 이런저런 선을 긋다가 "유레카!"를 외쳤다.

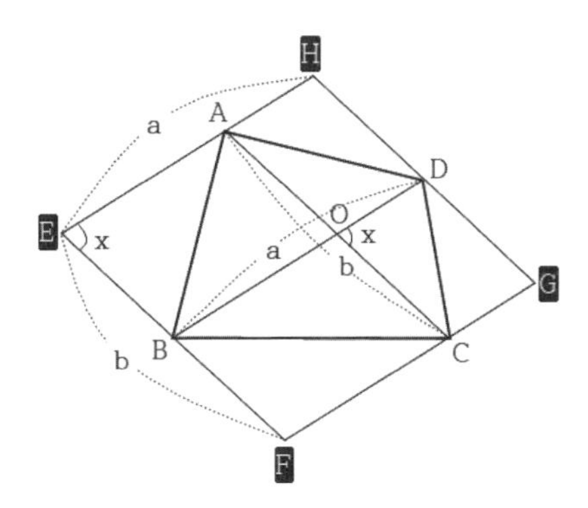

□$ABCD$를 감싸는 □$EFGH$를 그렸다. $\overline{EH}$와 $\overline{FG}$는 $\overline{BD}$와 평행하고, $\overline{EF}$와 $\overline{HG}$는 $\overline{AC}$와 평행하다. 따라서 □$EFGH$는 평행사변형이다. $\angle E$는 평행사변형의 특성으로 인해 x와 그 크기가 같다. 두 변의 길이와 끼인 각의 크기를 아는 평행사변형이면 그 면적을 구하는 방식은 이미

알고 있다.

$$\square EFGH\text{의 면적} = ab \cdot sinX$$

황금비 　$\square ABCD$의 면적을 구해야 하니까 $\square EFGH$와 어떤 관계인지 파악해야 해. 음… $\square AEBO$만 따로 떼서 보면… $\square AEBO$도 평행사변형이야… 평행사변형의 원리에 따라 ΔAEB와 ΔBOA는 그 크기가 같아.

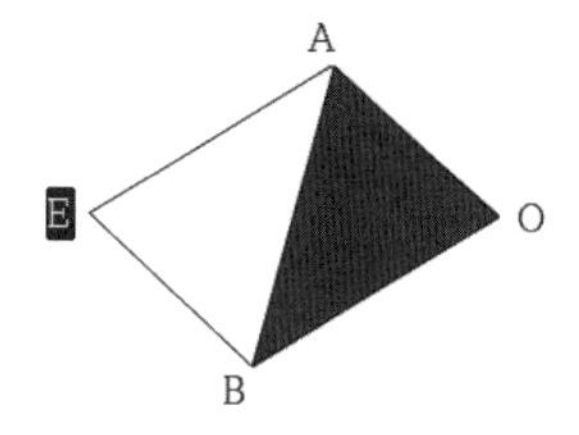

황금비 　다른 사각형 부분도 다 같으니까… $\square ABCD$의 면적은 $\square EFGH$ 면적의 $\frac{1}{2}$이야.

$$\square ABCD\text{의 면적} = \frac{1}{2} ab \cdot sinX$$

모든 사각형의 면적을 즉시 파악하는 방법을 알아내자 반지방패의 방어력 설정값을 정확하게 입력할 수 있었다. 육면체가 내뿜는 에너지파는 황금비와 아이들에게 충격을 주지 못한 채 반지방패로 모두 흡수되었다. 반지방패는 에너지값이 계속 올라갔고, 육면체의 에너지 값은 점점 줄어들었다. 육면체의 요동이 눈에 띄게 둔해졌다. 반지방패의 에너지 값이 육면체 전체의 에너지 값을 초월하자 육면체에 깃들었던 에너지가 급격하게 반지방패로 흡수되었다. 육면체의 요동이 거의 멈추자 황금비는 칼을 육면체 틈새에 끼워 넣고 강하게 뒤틀었다. 육면체는 강제로 벌어진 유리처럼 금이 가더니 강한 떨림과 함께 산산이 부서졌다. 깨진 조각은 통나무집을 통째로 날려 버렸고 푸른빛이 하늘 높이 치솟았다. 퀸의 섬 어디에서나 볼 수 있을 만큼 높이 뻗어 나간 푸른빛은 폭죽처럼 터지더니 잔상만 남기고 완전히 사라졌다.

푸른빛이 사라지자 한 명씩 두 명씩 갇혔던 아이들이 빈터에 나타났다. 아이들은 어찌된 일인지 영문을 모른 채 어리둥절하다가 황금비를 보고는 자신들을 구한 이가 누구인지 바로 알아챘다. 왁자지껄 떠들며 몰려드는 아이들 때문에 황금비는 정신을 차릴 수 없었다. 이렇게 많은 아이들에게 둘러싸여 본 적이 없었다. 괴성이 울려 퍼지며 숲이 시끄러워지고서야 겨우 정신을 차렸다.

황금비　애들아, 지금 해적들이 너희를 다시 잡으려고 오는 중이야. 여기서 빨리 도망쳐야 해.

해적들을 피해서 달아나려면 개울을 건너야 했다. 개울은 그리 넓지 않았지만, 배를 탈 만한 곳은 자신이 서 있는 곳밖에 없었다.

아이1　우리는 개울을 건넌 뒤에 구멍이 뚫린 나무로 들어가면 돼요. 그러면 몸집이 큰 해적들은 쫓아오지 못해요.

황금비　그렇다면 다행이네. 내가 시간을 벌 테니까 빨리 개울을 건너서 도망쳐. 노를 저을 줄은 아니?

아이2　그럼요. 저희는 피터팬과 함께 물놀이를 많이 했어요.

황금비　피터팬이라고? 아… 그렇지. 후크선장이 있으니 피터팬도 있겠구나. 알았어. 그럼 나는 시간을 벌 테니 너희들은 빨리 개울을 건너.

황금비는 부서진 통나무집 옆에 정박해 놓은 배에 아이들을 태웠다. 황금비는 힘차게 배를 밀었다. 그때 해적 세 명이 칼을 휘두르며 공격해 왔다. 거구들이 휘두르는 검은 빠르진 않았지만 먼 거리에서도 느껴질 만큼 힘이 강했다. 정면으로 칼을 맞댔다가는 상대가 되지 않을 힘이었다. 황금비는 해적이 휘두르는 칼을 가볍게 흘려보내고는 빠르게 검을 휘둘렀다. 검은 정확하게 급소를 찔렀다. 전투행성에서 수없이 많은 검술 대결을 펼친 능력자다운 솜씨였다. 칼이 한 번도 부딪치지 않았는데 해적 셋이 바닥에 나뒹굴었다.

아이들이 능숙하게 배를 몰고 개울을 건너가는 모습을 보며 안심을 하는데, 하이드 못지않은 사악한 기운이 숲을 가로지르며 다가왔다. 바로 후크선장이었다. 후크선장은 갈고리로 모자를 슬쩍 젖히더니 얼굴을 심하게 구겼다.

후크선장 넌 도대체 누구냐?

황금비 제가 누구인지 뭐가 중요하겠어요. 당신이 악당이고, 나는 당신이 저지르는 짓을 막았다는 사실이 중요하죠.

후크선장 피터팬을 잡으려고 기다렸더니 엉뚱한 놈이 나타나 내 계획을 망쳤구나.

황금비 내가 아니더라도 당신은 절대 피터팬을 못 이겨요.

후크선장은 버럭 괴성을 지르며 갈고리를 휘둘렀다. 갈고리에 얻어맞은 바위가 산산조각이 났다.

후크선장 피터팬은 늘 잘난 척을 하지. 겸손과 예의 따위는 버린 놈이야. 내일을 걱정하기는커녕 조금 뒤에 벌어질 게 뻔한 사건에도 무관심해. 그런 덜떨어진 철부지를 내가 못 이긴다고? 나는 철저하고, 예의 바르고, 질서를 지켜. 무책임한 난동꾼과는 결이 달라.

황금비 질투하는군요. 피터팬이 누리는 자유와 그 천진난만함을….

후크선장 말도 안 되는 소리 마!

후크가 다시 한번 갈고리를 휘둘렀다. 갈고리에 찍힌 나무 부위가 시커멓게 변하더니 썩은 물이 흘러내렸다. 무시무시한 위력이지만 황금비는 빙그레 웃었다.

황금비 그거 봐요. 질투하니까 화가 나죠. 안 그러면 그렇게 화가 날 까닭이 없어요.

후크선장 입담이 아주 세구나. 어디 싸움 실력도 그만큼 되는지 보자.

후크선장이 갈고리가 달린 팔을 뻗어 황금비를 가리켰다. 해적들은 일제히 칼을 꺼내 들더니 귀가 떨어져라. 소리를 지르고는 황금비에게 달려들었다. 황금비는 힐끗 뒤를 돌아봤다. 아이들은 개울가에 도착해서 배에서 내리는 중이었다. 해적들은 하나같이 덩치가 커서 힘이 무지막지했다. 해적이 휘두른 칼을 맞받아치면 힘에 밀려서 손이 떨릴 지경이었다. 힘으로 맞서면 위험했다. 황금비는 힘을 역이용했다. 슬쩍 흐르게 하거나, 빙글 돌려서 되치기했다. 싸움은 힘이 강하다고 이기는 게 아님을 황금비는 제대로 보여 주었다. 힘은 해적들이 압도했지만 검을 쓰는 기술은 상대가 안 됐다. 해적들은 이리 베이고 저리 찔리며 넘어지고 쓰러졌다. 해적들은 더는 공격하지 못하고 슬금슬금 뒤로 물러났다.

후크선장 못난 놈들! 조그만 여자애 하나 못 이기고 뒤로 물러나다니…. 모두 나한테 죽고 싶어?

후크선장이 갈고리를 휘두르며 고함을 지르자 해적들은 다시 칼을 움켜쥐고 달려들었다. 해적들의 기세가 점점 거세졌다. 좁은 공간에서 계속 상대하다 보니 피하고 반격하기가 쉽지 않았다. 황금비는 점점 궁지에 몰렸다.

고난도 금비야! 조금만 버텨!

반가운 목소리였다. 제곱복근도 함께 나타났다. 아이들은 이미 모두 도망치고 없었다. 제곱복근과 고난도는 아이들이 타고 넘어갔던 배를 타고 개울을 건너왔다. 후크는 버럭 고함을 치며 더 맹렬한 공격을 명령했다. 해적들은 검을 무서워하지 않고 달려들었다. 간신히 버티던 황금비는 배가 가까이 오자 뒤로 재주넘기를 하며 배에 뛰어올랐다. 해적들은 물속으로 뛰어들며 쫓아왔다.

제곱복근 너희는 빨리 여기서 벗어나. 내가 저 해적들을 막을게.

황금비 아저씨, 고마워요.

제곱복근은 소멸하여도 완전히 소멸하지 않고 다시 나타나기에 걱정이 되지는 않았다. 황금비는 제곱복근에게 칼을 건넸고, 칼을 쥔 제곱복근은 개울로 뛰어내리더니 해적들을 향해 무섭게 칼을 휘둘렀다. 제곱복근은 워낙 힘이 강했기에 칼과 칼이 부딪치면 해적들이 밀렸다. 제곱복근이 해적들과 맞서 싸우는 사이에 고난도와 황금비가 탄 배는 개울가에 도착했다. 배에서 내리자마자 퀸의 의자가 있는 방향을 향해 힘껏 뛰었다.

04. 원과 현의 화려한 이중주

: 원과 현 :

황금비　제곱복근이 상어 배 안에 있었다고?

고난도　그렇다니까.

황금비　이해가 안 돼. 도대체 정체가 뭐지?

고난도　여기 오면서 나도 여러 차례 물었는데 말을 빙빙 돌리기만 했어.

황금비　우리를 도와줘서 고맙기는 한데….

자롱이　자롱, 자롱! 문이다. 문이다.

자룡이가 호들갑스럽게 떠들어 대는 통에 대화가 끊겼다. 언덕을 올라가니 자룡이가 말하는 문이 서서히 모습을 드러냈다. 머리 부분은 오래된 벽돌이 층층이 쌓였는데, 그 위에서 화려한 양각으로 빚은 조각상이 아름다운 자태를 뽐냈다. 아치가 아름답게 원형을 이루고 그 아래로 거대한 화강암 기둥을 양옆에 거느린 출입구가 색색의 빛을 발하며 방문자를 기다렸다. 출입구에 가까이 다가갈수록 빛은 진해졌다. 문도 없는 출입구였지만 장막이라도 두른 듯 뒷모습을 철저히 감추었다. 온갖 빛의 세례를 받으며 출입구를 지나갔다. 시각이 모든 감각을 지배했다. 온갖 빛이 손을 맞잡고 춤을 추었다. 극지방에서 펼쳐지는 오로라만큼 화려한 율동이었다.

빛이 서서히 흩어지고 출입구 끝에 이르자 고난도와 황금비는 언덕 아래에 펼쳐지는 모습을 보고 짧은 신음을 흘렸다. 전혀 예상치 못한 풍경이었기 때문이다. 원으로 이루어진 공간이었다. 원 중심에서 밖으로 물

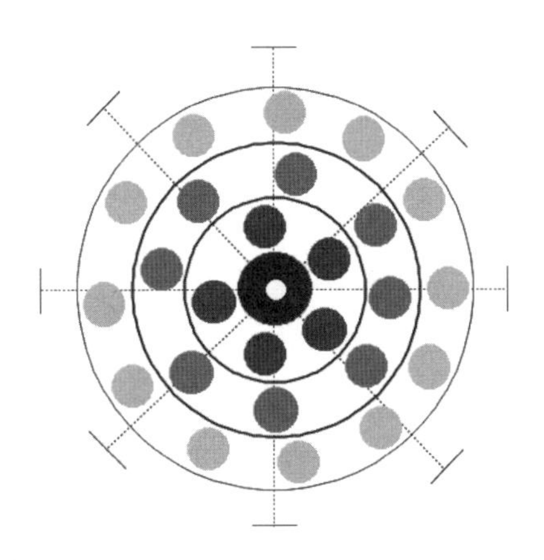

결이 퍼지듯이 점점 큰 원이 펼쳐지고, 원과 원 사이에는 작은 원들이 통로를 따라 흐르는 구슬처럼 촘촘히 박혀 있었다. 원 중심에서 여덟 방향으로 뻗은 직선은 마지막 원 바깥에서 얇고 단단한 벽에 막혀서 멈추었다.

황금비 느껴져. 저기가 바로 퀸의 의자야.

고난도 저 원의 중심부까지 가야 하는 거야? 여기서 봐서는 간단해 보이는데…. 방해물도 없고, 그냥 평평한 원이잖아.

황금비 그러면 좋겠지만… 절대 그럴 리 없을 거야.

자룡이 삼각형, 삼각형! 보라색, 보라색!

고난도 나도 봤어.

안개가 뿌연 언덕 너머로 드높이 치솟은 삼각형 산에서 보라색이 폭죽처럼 터졌다. 피타고X가 비행선을 건조하면서 내는 빛이었다. 그 빛을 본 황금비는 또다시 두통에 시달렸다. 목걸이가 보라색 빛에 반응하며 신경망을 건드렸다. 몇 번이나 겪은 두통이지만 겪을 때마다 힘들었다.

고난도 괜찮아?

황금비 목걸이와 내 신경연결망이 결합하는 정도가 강해지면서 벌어지는 현상이야. 처음에는 무척 고통스러웠는데 이제는 참을 만해.

고난도 퀸의 의자에 가까워져서인 거야, 아니면 저 빛 때문인 거야?

황금비 아무래도 저 빛 때문인 듯해. 저 원형 광장을 봤을 때는 별다른 변화가 없었어.

고난도 삼각형과 원이라니…. 어떤 의미가 있는 걸까?

황금비 원은 완전해. 시작도 끝도 없어. 원은 모두가 닮은꼴이야. 퀸도 완전해. 체스에서 가장 강력하지. 그래서 퀸의 자리는 원의 중심이야.

고난도 그럼 삼각형은…?

황금비 삼각형은 모든 다각형을 이루는 기본이야. 그래서 삼각형은 원을 제외한 모든 형태를 지배해. 기본 형태여서 삼각형이 가장 안정된 구조야. 그래서 킹은 삼각형이지.

고난도 그럴듯하네. 어쨌든 빨리 의자까지 가자. 피타고*X*가 비행선을 완성하기 전에….

황금비 그래 서두르자.

언덕을 내려가서 얇은 벽에 이를 때까지 광장은 복잡한 원이 그려진 형태 그대로였다. 그러나 벽을 지나자마자 순식간에 그 형태가 바뀌었다. 전혀 다른 장면을 이어 붙인 영화 같았다. 평면은 입체가 되고, 퀸의 의자까지 가는 길을 험난한 장애물이 겹겹이 가로막았다. 처음 마주한 장애물은 원형 통에서 끓어오르는 용암이었다.

원형 통이 일정한 간격으로 놓였는데 통과 통 사이는 그 밑이 어디까지인지 알 수 없는 어둠이었다. 용암이 끓어오르는 통 위에는 발하나 디

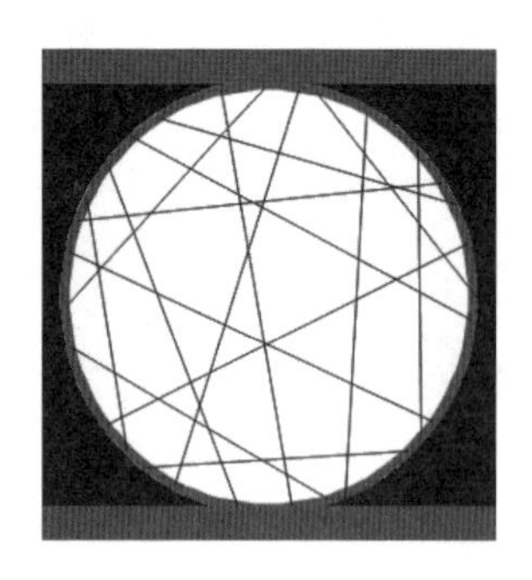

딜 만한 얇은 판자가 얼기설기 놓였는데 선불리 밟았다가는 용암 속으로 떨어질 게 걱정될 만큼 위태로웠다.

황금비 단순한 판자가 아니야.

고난도 그건 나도 알아. 어떻게 건너야 하는지가 문제지.

황금비 일단 내가 먼저 건널게.

고난도 저길 건넌다고?

황금비 내 눈에는 방법이 보여. 목걸이가 지닌 힘 덕분에.

고난도 방법이 뭐야?

황금비 통은 '원'이고, 판자는 '현'이야. 이곳을 건너려면 정확히 '현의 중심점'을 밟아야 해.

고난도 네 눈에는 현의 중심점이 보인다는 거지?

황금비 응. 정확히 보여.

고난도 네가 먼저 건너면 나는 네가 밟은 데만 밟으면서 그대로 뒤따르면 되겠네.

황금비는 원의 접선 지점에 섰다. 용암에서 전해지는 뜨거운 열기에 얼굴이 화끈거렸다. 눈을 지그시 감았다가 떴다. 겹겹이 꼬인 현들의 중심점이 선명하게 보였다. 가장 빠르고 안전하게 가는 경로를 찾았다. 가장 가까운 현의 중심점을 밟았다. 바로 옆은 흐물흐물해지는데 밟고 선 지점은 안전하고 단단했다. 곧바로 다음 현의 중심점을 밟으며 반대편 원의 접선 쪽으로 빠르게 이동했다. 원통이 꽤 컸지만 넘어가는 데까지 30초밖에 걸리지 않았다.

고난도는 황금비가 건너간 곳을 밟으며 곧바로 뒤따르려고 했다. 그러나 계획은 틀어졌다. 황금비가 한 번 밟고 지나가면 판자가 소멸하여 버렸기 때문이다. 황금비가 다 건너자 판자는 절반 가까이 사라져 버렸다. 더 큰 문제는 황금비에게서 발생했다. 원통을 다 건넌 황금비는 갑자기 머리를 움켜쥐더니 지독한 두통에 시달리며 꼼짝도 못 했다. 말을 걸어도 대답조차 못 했다. 빨리 황금비를 도와주러 건너가야 했다. 하는 수 없이 고난도는 조금 떨어진 원통으로 갔다.

고난도　　자롱아, 우리 힘으로 이곳을 건너야 해.

자롱이　　자롱, 자롱! 자롱이 준비됨.

자롱이는 힘을 내서 현의 중심점을 측정하려고 했다. 자롱이가 애를 쓰자 꼬리에서 희미한 초록빛이 나왔다. 자롱이는 원통 위를 날아다니며 어떻게든 방법을 찾아서 고난도를 도우려고 했지만, 뜻대로 되지 않았다.

자롱이는 희미한 초록빛을 쏘는 것 외에는 그 어떤 능력도 발휘하지 못했다. 황금비는 여전히 머리를 붙잡고 괴로워했다.

고난도　현의 중심점을 밟아야 해. 어떻게 하면 현의 중심점을 정확하고 쉽게 찾을 수 있을까? 원은 한 점에서 같은 거리에 있는 점들의 집합이야. 그러니 아무래도 원의 중심점을 이용하는 게 좋은데….

고난도는 바닥에 원을 그리고 현을 하나 그었다. 현의 중심점을 표시한 뒤에 현과 수직이 되게 선을 그었다.

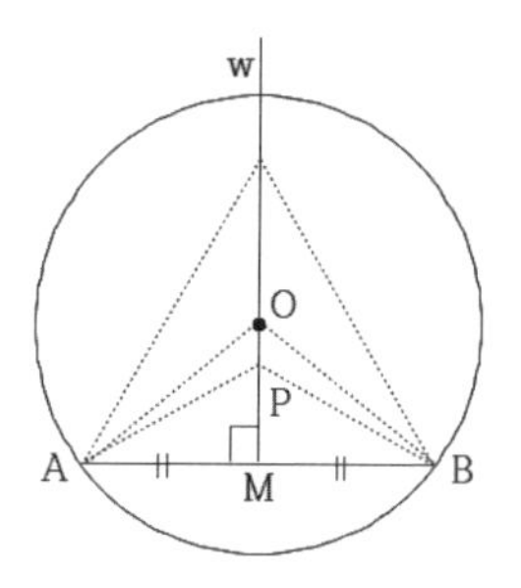

고난도　$\triangle AMP$와 $\triangle BMP$는 직각 삼각형으로 합동이야. 따라서 선분 w 위의 점 P는 점 A, B로부터 같은 거리에 있어. 그러니까 선분 w 위에 있는 모든 점은 A, B와 같은 거리에 있고, 원의 중심도 A, B와 같은 거리에 있는 점이니 원의 중심도 선분 w 위에 있어.

고난도는 현 하나를 더 그었다. 그러고는 현을 이등분하고 그 점에서 다시 수직으로 선분 하나를 그었다. 두 선분이 교차하는 점이 바로 원의 중심이었다.

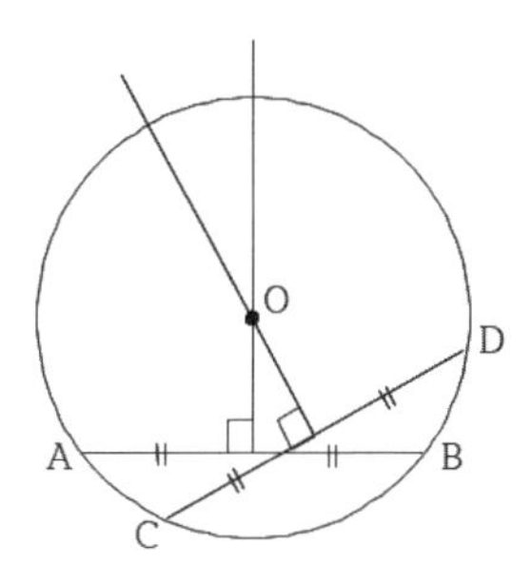

고난도　원의 중심은 찾았어. 자롱이의 초록광선과 여의봉을 이용하면 저 원통에서도 원의 중심을 찾을 수 있어. 이제 문제는 원의 중심을 이용해서 다시 현의 이등분선을 찾는 건데……. 음, 그건 의외로 간단하네….

고난도는 원의 중심점에서 현으로 수선을 그렸다.

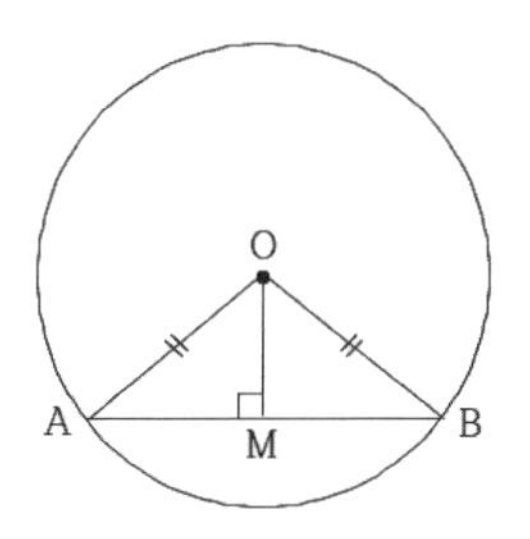

고난도 $\overline{AO}$와 $\overline{BO}$는 반지름으로 길이가 같아. 그러면 ΔABO는 이등변삼각형이야. 이등변삼각형의 성질을 보면 '꼭짓점에서 밑변에 내린 수선은 밑변을 이등분'해. 따라서 $\overline{AM}$과 $\overline{BM}$은 길이가 같아. 그러니까 현을 수직 이등분한 선은 원의 중심을 지나고, 원의 중심에서 현에 그은 수선은 현을 수직 이등분하는구나.[6]

고난도는 방법을 찾아내자마자 곧바로 여의봉을 꺼냈다. 여의봉을 손가락에 건 뒤에 양쪽으로 동시에 늘렸다. 여의봉 양쪽 끝이 원통에 동시에 닿았다. 고난도 손가락이 있는 지점이 바로 현의 중심점이었다. 그 지점에서 자롱이에게 초록빛 레이저를 쏘도록 하였다. 레이저는 여의봉에서 수직으로 원통으로 뻗어 나갔다. 레이저가 지나는 선 위에 원통의 중심점이 있었다. 여의봉을 살짝 옆으로 튼 다음에 같은 방법으로 다시 레이저를 쏘았다. 여러 차례 쏜 끝에 원의 중심점을 찾았고, 바로 그 지점에 자롱이가 떠 있게 했다. 자롱이는 원의 중심점에서 현으로 레이저를 쏘았다. 세밀하게 조정하며 현과 레이저가 수직이 되게 하였다. 고난도는 레이저와 현이 수직으로 만나는 지점을 밟았다. 황금비가 건널 때보다는 느렸지만 현의 중심점은 정확히 찾아냈다. 황금비가 건널 때와 마찬가지

6 원과 현의 관계.
- 원에서 현의 수직이등분선은 그 원의 중심을 지난다.
- 원의 중심에서 현에 내린 수선은 그 현을 이등분한다.

로 한 번 밟은 판자는 발을 떼면 바로 소멸하였다.

용암 원통을 건너자마자 고난도는 재빨리 황금비에게 갔다. 황금비는 여전히 머리를 감싸 쥔 채 두통에 괴로워했다. 이제껏 겪은 어떤 두통보다 통증의 세기가 강했다. 통증에서 벗어나야겠다는 욕망 말고는 그 어떤 생각이 들지 않을 만큼 강했다. 고난도는 황금비를 부축했다.

고난도 일단 여기를 벗어나자.

황금비는 머리를 감싸 쥔 채 고난도가 이끄는 대로 따라왔다. 희뿌연 흙먼지를 뚫고 나가자 거대한 원형 동굴이 나타났다. 결코 다시는 마주치고 싶지 않았던 괴물과 프랑켄슈타인 박사가 동굴 입구를 가로막고 있었다. 퀸의 의자로 가려면 동굴을 지나야만 했다. 프랑켄슈타인 박사는 은백색으로 빛나는 주석 향로에 불을 피우고 부채를 흔들고 있고, 괴물은 박사 뒤에서 죽은 나무처럼 꼼짝도 안 했다. 향로에서는 푸석푸석한 연기가 부채질에 따라 주위로 퍼져나갔다. 황금비는 여전히 두통에 시달리며 어찌할 바를 몰랐다. 황금비와 연기를 번갈아 보면서 고난도는 어떤 계획을 세웠다.

고난도 자롱아, 네가 금비를 좀 도와줘. 무슨 말인지 알지?

자롱이는 구형 얼굴에 초록 웃음을 짓더니 꼬리를 늘려서 황금비 손목에 감았다. 고난도는 빙그레 웃으며 프랑켄슈타인 박사를 향해 씩씩하게 걸어 나갔다. 박사가 손짓하자 뒤에 서 있던 괴물이 박사 옆으로 움직였다. 고난도는 입을 삐죽 내밀고는 걸음을 멈췄다. 박사가 손짓하자 괴물도 더는 움직이지 않고 가만히 서서 기다렸다.

프랑켄슈타인 지금이라도 포기하고 돌아가면 해치지는 않으마.

고난도 또다시 괴물을 만들어 내셨네요. 이제 만족하세요?

프랑켄슈타인 고통에서 벗어나기 위한 고육지책일 뿐이다. 결코 기쁜 일은 아니야.

고난도 당신은 잘못된 선택을 두 번 했고, 제대로 된 선택도 한 번은 했어요.

프랑켄슈타인 괴물이 자기 짝을 만들어 달라고 했던 부탁을 거절한 것이 제대로 된 선택이었다고 말하는 것이냐?

고난도 그럼요. 인류를 위해 자기에게 닥쳐올지 모를 위험을 감수했잖아요. 그런 희생과 용기는 아무나 발휘하지 못하죠.

프랑켄슈타인 그건 내 생애 두 번째 실수였다. 괴물을 만들어 신의 영역을 넘본 게 첫 번째 실수요, 인류가 위험해질지도 모른다는 실체도 없는 걱정에 사랑하는 이를 죽게 만든 선택이 두 번째 실수였다. 또다시 세 번째 실수는 하고 싶지 않다.

프랑켄슈타인은 더 빠르게 부채를 흔들었고, 연기는 점점 짙어졌다.

이제 고난도도 서서히 두통을 느끼고 있었다. 연기가 두통을 일으키는 원인이었다. 고난도가 황금비보다 느리고 약하게 두통을 느끼는 까닭은 불분명했다.

고난도 착각하지 마세요. 당신 옆에 선 피조물은 당신이 신의 영역에 무모하게 도전한 탓에 창조된 게 아니에요. 과학은 괴물을 만들어낸 진짜 원인이 아니에요. 원인은 다른 데 있어요.

프랑켄슈타인 허튼소리!

고난도 당신은 피조물이 깨어났을 때 겉모습만 보고 겁을 집어먹고 도망쳤어요. 당신은 피조물을 버렸어요. 그게 당신이 저지른 진짜 실수예요. 다른 인간들도 피조물의 겉모습만 보고 두려워하며 박해했죠. 그러나 피조물이 외딴곳에서 만난 눈먼 노인은 달랐어요. 노인은 앞을 볼 수 없기에 편견이 없었죠. 피조물이 유일하게 귀한 존재로 대접받은 순간이었어요. 많은 사람이 그 노인처럼 피조물을 대했다면, 아니 당신만이라도 그 노인처럼 대했다면 피조물은 괴물이 되지 않았을 거예요. 이게 당신이 저지른 첫 잘못이에요.

프랑켄슈타인 너는 비 오는 날 밤, 내가 마주한 그 순간을 겪어 보지 않아서 그래.

고난도 당신은 피조물이 나중에 찾아왔을 때도 그를 괴물로만 대했어요. 당신이 저지른 잘못 따위는 인정조차 하지 않았죠. 그때 만약 당신이 피조물에 잘못을 사죄하고, 따뜻하게 대했다면 비극은 벌어지지 않았을 거예요. 당신이 저지른 두 번째 잘못은 괴물을 다시 만들지 않겠다고 거부한 것이 아니라, 당신이 저지른 잘못을 사과하지 않은 것이에요.

프랑켄슈타인 말도 안 돼. 그건 궤변이야.

고난도 누구나 잘못을 해요. 누구나 편견이 있죠. 그러나 잘못을 인정하지 않고, 편견임을 알고도 견해를 바꾸지 않는 고집이야말로 진짜 큰 잘못이죠. 당신은 당신이 저지른 잘못을 인정하기 싫어서 더 큰 잘못을 저지르고 있어요.

프랑켄슈타인 그만, 그만해!

프랑켄슈타인 박사는 머리를 부여잡고 고함을 질렀다. 부채질을 멈추자 향로에서 나오는 연기가 줄어들었다.

프랑켄슈타인 난 고통을 겪을 만큼 겪었어. 더는 고통스러워지고 싶지 않아.

고난도 환상행성 8128, 너클리드가 창조한 세계죠. 당신은 너클리드가 동일시한 인물이에요. 너클리드는 자신이 당신과 같은 괴로움에 빠졌다고 생각해요. 그래서 8128에 당신을 창조해 놓은 거죠.

프랑켄슈타인 나는 큰 잘못을 두 번이나 저질렀어. 더는 안 돼.

고난도 맞아요. 더는 안 되죠. 더는 그런 큰 잘못을 저지르면 안 되죠. 그러니 피조물을 거둬들이세요.

프랑켄슈타인 으허허허….

프랑켄슈타인이 허탈하게 웃었다. 연기는 보이지 않을 만큼 희미해졌다. 그러나 황금비는 여전히 지독한 두통에서 벗어나지 못했다.

프랑켄슈타인 너란 녀석은… 참….

프랑켄슈타인 박사가 웃음을 거두며 다시 부채를 폈다. 고난도는 입을 삐죽 내밀고 입맛을 다셨다.

고난도 안 됐네요. 잘못을 바로잡을 마지막 기회였는데….

프랑켄슈타인 다시는 고통을 겪고 싶지 않아. 다시는 ….

고난도 뭐, 그러세요. 그렇지만 남한테 고통을 떠넘기는 짓은 하면 안 되죠.

프랑켄슈타인 박사가 눈치채지 못하게 고난도는 프랑켄슈타인 박사와 꽤 가까워진 상태였다. 박사가 다시 부채를 부치려고 손을 들자, 고난도는 뒤에 숨겼던 여의봉을 빠른 속도로 키웠다. 여의봉은 길게 늘어나며 향로를 강타했고, 향로는 바닥에 나뒹굴었다. 향로에 담겼던 각종 마법 재료들은 바닥에 흩어졌고, 프랑켄슈타인 박사는 깜짝 놀라며 뒤로 넘어졌다. 고난도가 수신호를 보내자 자롱이는 원형 동굴로 황금비를 이끌었다. 고난도는 여의봉을 줄였다가 다시 늘여서 프랑켄슈타인 박사를 세게 때렸다. 여의봉으로 머리를 얻어맞은 프랑켄슈타인 박사는 정신을 잃었고, 옆에 선 괴물은 꿈쩍도 안 했다.

고난도 역시 내 생각이 맞았어. 메좀비는 미완성이야. 귀를 보고 알아차렸지. 한쪽 귀가 아직 뾰족하지 않았거든.

고난도는 자롱이와 함께 황금비를 데리고 원형 동굴을 향해 뛰었다. 동굴에 들어서자 황금비가 머리에서 손을 뗐다.

고난도 이제 괜찮아?

황금비 살짝 어지럽기는 하지만 괜찮아.

고난도 이 동굴, 우주 유람선처럼 중력이 바깥으로 작용하나 봐. 몸이 기울어졌는데도 옆으로 넘어가지 않아.

고난도는 장난스러운 몸짓을 하며 동굴 옆으로 걸었다. 몸이 원통 면과 수직인 채로 유지되었다. 원심력이 원 바깥으로 같이 적용하며 마치 중력처럼 작용하는 모양이었다.

황금비 장난은 그만하고, 빨리 여길 빠져나가자. 다시는 저 괴물을 상대하고 싶지 않아.

황금비는 바닥에 쓰러진 프랑켄슈타인 박사와 동상처럼 멈춰 선 괴물을 보더니, 눈을 찌푸렸다. 고난도는 어깨를 으쓱하더니 머리를 긁적였다. 먼저 몸을 돌린 황금비가 갑자기 소리를 질렀다.

황금비 조심해!

시뻘겋게 달아오른 칼날이 고난도와 황금비를 노리고 날아왔다. 칼날은 용광로에서 막 꺼낸 쇳덩이 같았는데, '원의 현'처럼 원통 면에 양 끝이 딱 붙은 채 날아왔다. 황금비는 재빨리 피했지만, 고난도는 피할 겨를이 없었다. 고난도는 손에 든 여의봉으로 자신에게 날아오는 시뻘건 칼날을 막았다. 다행히 여의봉은 적당한 길이로 줄어든 상태였다.

고난도 이런 여의봉에 금이 가다니….

칼날은 여의봉을 파괴할 만큼 강했다. 고난도는 양손으로 여의봉을 잡고 몸을 옆으로 틀었다. 여의봉은 둘로 쪼개졌다. 그런데 이상하게도 여의봉 한쪽 끝에 칼날이 붙은 채 떨어지지 않았다. 살짝 비틀자 칼날과 여의봉이 분리되었다. 여의봉에서 분리된 칼날은 원통 끝까지 간 뒤에 사라졌다. 고난도는 둘로 쪼개진 여의봉을 보더니 이리저리 만졌다. 여의봉은 둘로 나뉘었음에도 늘어나고 줄어드는 성능은 그대로였다.

황금비 괜찮아?

고난도 여의봉이 둘로 쪼개졌어. 아무래도 늘어나는 길이는 전보다 줄 것 같긴 하지만 괜찮아.

황금비 아니, 몸이 괜찮냐고?

고난도 칼날이 내뿜는 열기에 살짝 충격을 받기는 했지만, 몸은 멀쩡해.

황금비 칼날이 또 날아올지도 모르니까 주의해.

황금비 말대로였다. 또다시 시뻘건 칼날 두 개가 원의 현처럼 고난도와 황금비를 노리고 날아왔다. 황금비는 빠른 몸놀림으로 피했고, 고난도는 여의봉 끝으로 칼날을 슬쩍 치면서 아슬아슬하게 피했다. 그런데 이번에도 여의봉 끝에 칼날이 그대로 붙은 채 멈추었다. 고난도는 이번에는 여의봉을 비틀지 않고 이리저리 흔들었다. 칼날은 원을 타고 이동하는 현처럼 길이는 그대로 유지한 채 이쪽저쪽으로 움직였다. 원통의 앞뒤로는 이동이 안 되었지만, 원을 타고 돌리는 것은 가능했다. 고난도가 여의봉으로 칼날을 붙잡자 뒤따라 날아오던 칼날들이 일제히 멈추었다. 고난도가 여의봉을 살짝 비틀자 칼날은 다시 빠른 속도로 날아서 원통 끝에 이르렀고, 이내 사라졌다. 세 번째 칼날이 날아왔을 때도 고난도는 여의봉을 이용해 칼날 두 개를 동시에 붙잡았다.

고난도 쌍둥이 칼날인가?

황금비 쌍둥이라니?

고난도 이 두 칼날의 길이가 거의 같은 것 같아서.

황금비 잠시만… 맞아. 길이가 같아.

고난도 같은 길이인 칼날이 쌍을 이뤄서 날아오다니, 재미있는 함정이네.

칼날이 날아오는 걸 경계하며 다시 나아가려는데 뒤에서 사늘한 기운이 느껴졌다.

황금비 이런… 프랑켄슈타인이 깨어났어. 괴물도….

고난도 넌 자룡이 데리고 먼저 가.

황금비 어떻게 하려고? 저 괴물은 나도 상대하기 버거워.

고난도 다른 데서라면 그렇겠지. 그렇지만 여기선 달라.

황금비 물리칠 방법이 있는 거야?

고난도는 양손에 든 여의봉을 흔들었다.

고난도 방법이 있으니까 걱정하지 마. 실패해 봤자 환상행성 공항으로 쫓겨날 뿐이잖아.

황금비 알았어. 그럼 나 먼저 갈게.

황금비는 자롱이를 붙잡더니 원통 동굴 안으로 조심스럽게 나아갔다. 시뻘건 칼날이 잇달아 날아왔다. 칼날은 항상 쌍을 이루었고, 쌍을 이루는 칼날끼리는 길이가 같았다. 칼날이 워낙 빨라서 힘들게 피하며 나아가는데 갑자기 모든 칼날이 멈춘 채 꿈쩍도 안 했다. 뒤를 보니 고난도가 여의봉으로 칼날 두 개를 붙잡은 채 원통 중심부에 머물러 있었다. 칼날 한 쌍이 멈추니 모든 칼날이 그대로 나가지 못하고 멈춘 것이다. 원통을 빠져나갈 좋은 기회였다. 황금비는 최대한 빠른 속도로 원통을 벗어났다.

황금비를 보내고 고난도는 여의봉 두 개를 이용해 원의 중심부로 이동했다. 우주 유람선에서도 중심부에는 중력이 작용하지 않았다. 이 원통도 밖으로 원심력이 작용하니 중심점에서는 어느 곳으로도 중력이 작용하지 않으리라 판단했고, 그 판단은 적중했다.

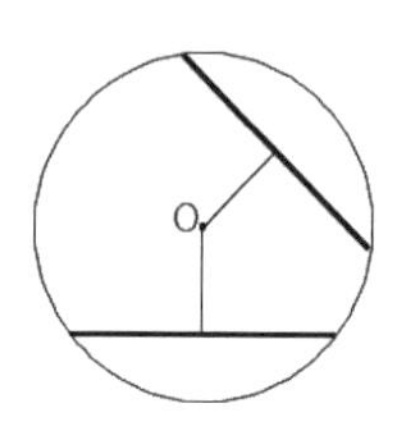

고난도 두 현의 길이가 똑같으면… 그 두 현은 원의 중심에서 같은 거리에 있어. 즉 여의봉을 같은 거리로 조절해서 동시에 붙잡을 수 있단 뜻이지.

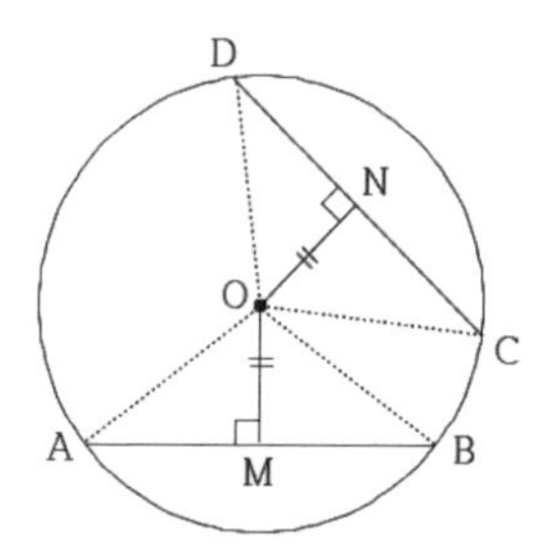

'$\overline{AB}$와 $\overline{CD}$가 같으면 ΔABO와 ΔCDO는 합동이야. 왜냐하면 중심점 O에서 점 A, B, C, D까지 거리가 모두 같으므로, ΔABO와 ΔCDO는 세 변의 길이가 서로 같기(SSS 합동) 때문이지. 따라서 $\overline{OM}$과 $\overline{ON}$은 그 길이가 같아.'[7]

고난도는 여의봉의 길이를 같게 한 뒤에 날아오는 칼날을 동시에 잡았다. 두 현의 길이가 똑같으면 중심점에서 현까지 길이가 같은 성질을 이용한 것이다. 시뻘건 칼날을 붙잡은 고난도는 몸을 반대로 돌린 다음, 여의봉으로 칼날을 움직였다. 칼날은 양 끝이 원통에 닿은 채로 고난도가 힘을 주는 대로 원을 타고 이동했다. 괴물은 발톱을 세우더니 원통 안으로 들어섰다. 고난도는 괴물이 가장 피하기 어려운 영역을 고른 뒤에 여의봉을 비틀었다. 멈췄던 칼날이 다시 매섭게 날아갔다. 칼날을 보내고서 고난도는 조금 뒤로 움직여서 곧이어 날아오는 칼날을 붙잡았다. 이미 지나간 칼날은 뒤에 날아오는 칼날을 붙잡아도 멈추지 않았다.

괴물은 날렵한 몸놀림으로 칼날을 피했다. 그러나 선불리 다가오지 못했다. 근접 거리에서 칼날이 날아오면 아무리 날렵한 괴물이라 해도 피하기 어려웠기 때문이다. 고난도가 칼날을 놓으면 괴물이 피하고, 고난도는 조금 뒤로 이동해서 다시 칼날을 붙잡는 과정이 반복되었다.

---

7 원과 현의 관계.

- 한 원 안에서 길이가 같은 현은 원의 중심에서 같은 거리에 있다.
- 한 원 안에서 중심점과 같은 거리에 떨어져 있는 현의 길이는 서로 같다.

프랑켄슈타인 뭐 하는 거야? 그러다 앞에 간 녀석이 퀸의 의자에 앉으면 어쩌려고? 네 몸은 잘려도 다시 붙어. 고통도 거의 느끼지 못하잖아. 그러니 걱정하지 말고 그냥 달려들어.

프랑켄슈타인 박사가 명령하자 괴물은 그르렁거리며 몸을 잔뜩 움츠렸다. 고난도는 칼날을 괴물이 선 곳을 향해 겨눴다. 괴물은 고난도를 노려보더니 몸을 쭉 펴며 달려왔다. 고난도는 최대한 기다렸다가 칼날을 놓았다. 시뻘겋게 달아오른 칼날이 괴물을 향해 날아갔다. 괴물은 칼날 하나는 피했지만, 워낙 칼날과 거리가 가까웠기에 나머지 하나는 미처 피하지 못했다. 칼날은 괴물의 오른팔을 자르면서 지나갔다. 팔이 잘려도 아랑곳하지 않을 줄 알았는데 뜻밖에도 괴물은 괴성을 지르며 몸부림을 쳤다. 팔이 잘린 자국이 시뻘겋게 타오르며 검은 연기가 피어올랐다.

프랑켄슈타인 뭐야? 왜 팔이 다시 달라붙지 않지? 고통은 왜 그렇게 세게 느끼는 거야?

프랑켄슈타인 박사가 당황한 기색이 역력했다. 괴물이 팔뚝을 부여잡고 울부짖느라 고난도 쪽에는 신경을 쓰지 못했다. 그 틈을 노려서 고난도는 다시 칼날을 날렸다. 프랑켄슈타인 박사가 고함을 지르자 괴물은 뒤로 물러나면서 간신히 칼날을 피했다. 그 뒤로 괴물은 더는 고난도를 향해 다가들지 못했다.

고난도　이대로 괴물에게 붙잡히지 않고 원통을 빠져나갈 수는 있겠는데…. 그랬다가는 괴물도 빠져나올 테고, 그 뒤에는 상대할 수단이 없어. 괴물을 없앨 방법이 없을까?

고난도는 날아오려고 대기하는 칼날을 살피다가 속으로 쾌재를 불렀다.

고난도　저걸 이용하면 되겠구나. 걸려들어야 할 텐데….

고난도는 여의봉으로 칼날을 붙잡고는 일부러 힘이 빠진 척하며 칼날을 괴물이 피하기 쉽도록 날렸다.

프랑켄슈타인　저 녀석이 지쳤어. 빠르게 치고 들어가.

확실히 괴물은 완성작이 아니었다. 전투행성에서 만났던 메좀비는 스스로 학습하고 판단했으며, 싸움을 통해 더욱 강하게 진화했다. 고난도가 지금 마주한 괴물은 그 메좀비에 견주면 한참 떨어졌다. 스스로 판단하지 못하고, 프랑켄슈타인이 내리는 지시에 의존했다. 저러면 빈틈이 생기기 마련이다.

고난도는 이를 악물고 칼날을 던지는 척했다. 칼날은 점점 괴물을 빗겨나갔고, 자신감이 생긴 괴물은 속도를 올리며 다가들었다. 괴물이 바짝 접근했다. 다행히 고난도는 중심부에 있기에 괴물이 직접 공격할 거리에서는 벗어나 있었다. 괴물은 빙글빙글 돌았고, 고난도도 칼날을 휘저으며 괴물을 견제했다. 괴물은 적당한 공격 기회를 노렸고, 고난도는 실수로 칼날을 놓치는 척했다. 칼날은 엉뚱한 곳으로 날아가 버렸다. 괴물이 피하려고 애쓸 필요도 없었다.

프랑켄슈타인 근원 에너지를 써서 도약해. 한 번에 끝장내 버려!

괴물은 몸을 웅크리더니 있는 힘껏 도약했다. 엄청난 힘이었다. 괴물이 중심부에 이르러 왼팔을 쭉 뻗었다. 거기에 맞춰 고난도는 여의봉 두 개를 동시에 늘려서 중심부에서 벗어났다. 괴물은 강한 도약력으로 원 중심에 도달했는데, 원 중심은 중력이 작용하지 않기에 괴물은 중심을 잡지 못하고 허우적거렸다. 바로 그때 원 중심에 근접한, 긴 칼날이 날아왔다. 괴물은 그 칼날을 피하려고 했지만, 몸을 원하는 방향으로 재빨리 피할 수 없었다. 간신히 중심점에서 벗어났지만 날아오는 칼날을 미처 피하지 못했고, 괴물은 허공에서 세 토막으로 쪼개졌다.

프랑켄슈타인 안 돼!

프랑켄슈타인이 내지르는 절규를 들으며 고난도는 원형 동굴을 빠져나갔다.

05. 피리 부는 사나이와 접선의 법칙

: 원과 접선 :

동굴을 통과하자 이제까지와는 전혀 다른 세상이 열렸다. 사막과 용암, 사악함과 어둠은 깨끗하게 사라지고 밝음과 환희, 놀이와 기쁨이 넘쳐났다. 풍경을 이루는 빛깔부터 활기차고 맑았다. 조금 전까지 보고 겪었던 모든 풍경과 사건이 거짓말 같았다. 아이들에게 저주를 걸고, 납치해서 못된 짓을 꾸미는 악당들이면 몹시 싫어할 광경이었다.

흔들그물이 출렁일 때마다 환호성이 울리고, 원통 미끄럼틀이 끝나는 곳에서는 신나는 즐거움이 내려오며, 모래밭 위에서는 상상과 뜀박질이 어울려 놀았다. 그네는 부채꼴을 이루며 짜릿함을 하늘로 날리고, 정글

짐에서는 움켜쥔 팔뚝마다 모험심이 두근거리며, 잔디밭을 구르는 공을 따라 힘찬 발길질이 이어졌다.

보라색 길은 사라지고 없었다. 원 중심이 어디인지 감조차 잡을 수 없었다. 황금비는 아이들을 방해하지 않으려고 주의하면서 조심스럽게 걸었다. 시소와 미끄럼틀 사이로 가려는데 구슬치기를 하는 아이들이 빈터를 모두 차지해서 지나갈 수가 없었다. 아이들은 구슬을 굴리고 치면서 연신 깔깔거렸다. 제법 긴장감 넘치는 승부도 벌어졌다. 누가 이기든 아이들은 즐거워하며 다시 놀이를 이어갔다. 제법 큰 구슬이 발 앞으로 굴러왔다. 구슬 주인인 듯한 꼬마 아이가 다가오다가 눈치를 살폈다. 황금비는 친절한 낯빛을 지으며 손을 흔들었다. 꼬마는 여전히 경계하며 다가오지 않았다.

구슬을 집어 건네주든지 옆으로 피해야 했다. 허리를 숙여 손을 뻗었다. 구슬을 잡으려는데 젓가락 한 쌍이 불쑥 나타나더니 구슬을 잡았다. 젓가락 끝은 한 점에 모였고, 젓가락은 원에 정확히 맞닿았다. 한 점에서 뻗어 나간 선분이 원과 만나며 접선이 되었다. 원 밖에 있는 한 점에서 원에 그은 두 접선의 길이는 같았다. 그럴 수밖에 없었다. ΔAOG와 ΔBOG가 서로 합동[8]이기 때문이다.

8 $\overline{GO}$는 서로 공통이고, $\overline{AO}$와 $\overline{BO}$는 원의 반지름이므로 길이가 같다. 두 변의 길이가 같은 직각 삼각형은 서로 합동이다. 따라서 $\overline{GA}$와 $\overline{GB}$의 길이는 서로 같다.

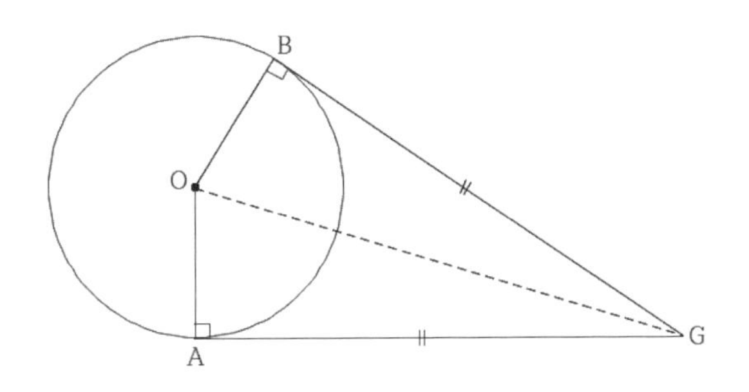

구슬은 젓가락에 잡힌 채 천천히 위로 들렸다. 구슬을 보며 황금비 시선도 젓가락을 쥔 사람을 향해 이동했다. 첫인상은 어릿광대 같았다. 울긋불긋한 모자에 빨강과 주황이 뒤섞인 화려한 옷을 입고, 뾰족하게 솟은 노란 신발을 신은 독특한 겉모습 때문이었다. 표정도 서글서글하고 무척 친절한 인상이었다. 지킬 박사가 경고했던 바로 그 사나이였다. 사나이는 구슬을 손가락 사이에 끼워서 빙글빙글 돌렸다. 구슬이 모습을 감췄다가 나타나더니 연기처럼 사라져 버렸다.

사나이　　구슬이 어디로 갔을까?

아이는 천진난만한 웃음을 지으며 자기 옷을 뒤졌다. 한참 뒤지던 아이는 봉긋 솟은 모자 안에서 구슬을 찾아내고는 함박웃음을 터트렸다.

사나이　　아이들은 참 웃음이 맑아. 그렇지?

사나이는 여전히 친절했지만 그게 더 오싹한 기분이 들었다. 하이드한테 느꼈던 두려움과는 또 다른 두려움이었다.

황금비 이 아이들을 전부 당신이 피리로 정신을 빼앗아서 끌고 왔나요?

사나이 내 이야기는 다 알 텐데 새삼스럽게 묻는구나.

황금비 그래도 확인하고 싶었어요. 당신이 하멜른 아이들을 끌고 간, 피리 부는 사나이인지….

사나이 그나저나 이곳에 내가 초대하지 않은 아이는 네가 처음이구나.

황금비 저는 이곳이 목적지가 아니에요.

사나이 물론 잘 알지. 퀸의 의자에 가려는 도전자이자 퀸의 목걸이를 현재 걸고 있지.

황금비 당신과 다투고 싶지 않아요. 저는 퀸의 의자에 가기만 하면 돼요.

사나이는 구슬치기하는 아이의 머리를 쓰다듬더니 느긋하게 뒷짐을 졌다. 강함에서 흘러나오는 여유였다. 황금비는 처음으로 싸움에서 질지도 모른다고 생각했다. 어떤 상황에서도, 어떤 적을 만나도 지지 않을 자신이 있었는데 이 사나이는 이제까지 만난 그 어떤 적과도 결이 달랐다.

사나이 나는 약속을 중요시한다. 신뢰가 세상을 지탱하지.

황금비 그렇다고 아이들을 모두 데려가 버리는 짓은 용서가 안 돼요.

사나이 그들은 약속을 어겼다.

황금비 잘못은 어른들이 저질렀는데 왜 아이들이 그 대가를 치러야 하죠?

사나이 그런 어른들 밑에서 자라는 아이들은 불행하다. 여길 봐라! 저 아이들이 얼마나 행복해하는지…. 이보다 더한 천국은 없다.

황금비 아무리 아이들에게 잘해 준다고 해도 당신이 아이들을 납치한 범죄자라는 사실은 변하지 않아요.

사나이 나는 아이들에게 새로운 기회를 주고, 더할 나위 없이 행복한 환경을 제공하는데 어찌 내가 납치범이란 말이냐? 자격이 없는 부모 밑에서 불행하게 자라는 아이들을 그대로 두어야 한다는 말이냐?

황금비 하멜른의 어른들은 잠깐 돈에 눈이 멀었을 뿐이에요. 모두가 아이들에게 나쁜 짓을 하는 부모는 아니었다고요.

사나이 그 어떤 어른도 나서지 않았다. 쥐 떼에 시달릴 때는 모두가 나서서 내게 부탁을 해놓고는 쥐 떼가 사라지자 아무도 약속을 지키라는 말을 하지 않았다. 하멜른의 어른들은 모두 타락했고, 그런 도시에서 아이들이 자라면 또다시 타락하게 된다. 나는 아이들을 구했다. 악한 어른이 되지 않게 막았다.

다시 한번 봐라! 이 천진난만한 아이들을….

황금비 당신은 잘못된 복수를 했을 뿐이에요.

사나이 이에는 이, 눈에는 눈이라고 하지.

황금비 그 말은 무조건 복수하라는 뜻이 아니라, 과도한 복수를 하지 말라는 원칙이에요. 당신은 돈을 못 받았어요. 그러면 돈으로 복수하면 되는 거였어요. 아니면 다시 쥐 떼가 나타나게 했어야죠. 당신은 애꿎은 아이들에게 분풀이했어요. 당신은 아이들을 위해서 아이들이 행복하게 살도록 하려고 그 짓을 저지른 게 아니에요. 당신은 하멜른의 어른들이 가장 크게 상처받고 후회할 복수를 선택했을 뿐이에요.

사나이 복수라고 했느냐? 단지 내가 복수를 했을 뿐이라고?

황금비 당신은 바꿀 수 없는 과거에 칼질해댔어요. 그래 봤자 복수는 과거를 바꾸지 못해요.

사나이는 뒷짐을 진 채 황금비를 지그시 응시했다. 깊이를 헤아리기 힘든 눈빛이었다. 현실에서 만나면 무조건 도망치고 싶은 그런 눈빛이었다.

사나이 퀸이 되겠다고?

황금비 피타고X가 저지르려는 악행을 막을 거예요.

사나이 안 그래도 피타고X가 부탁하더구나. 네가 찾아올 거라고.

킹이 자신이 지배하는 영역에 머무는 캐릭터에게 부탁한다는 표현을 쓰니 기묘한 느낌을 풍겼다.

황금비　　저를 막을 건가요?

사나이　　나는 거짓을 사고파는 자들, 약속을 깨는 자들을 싫어한다. 나는 퀸의 의자에 피타고X가 허락하지 않은 자는 아무도 접근하지 못하게 하겠다고 약속했다. 나는 약속을 지킨다. 그 어떤 상황에서도 일단 내뱉은 말은 지키는 게 내 신조다.

황금비　　그럼 뭐, 어쩔 수 없네요. 당신을 지나쳐서 가야죠.

사나이　　너에게 그런 능력이 있는지 시험해 볼까?

황금비는 머뭇거리지 않고 사나이를 공격했다. 그러나 사나이는 얼음 위를 미끄러지듯이 물러나더니 멀찌감치 떨어져 버렸다. 사나이가 뒷짐을 풀고 손가락을 튕기자 달걀처럼 생긴 이가 나타났다. 그자는 트위들덤, 트위들디 쌍둥이를 공격했던 험프티덤프티였다.

사나이　　험프티덤프티를 이기면 내가 너와 상대해 주마.

험프티덤프티는 거대한 몸집을 뒤뚱거리며 황금비에게 달려들었다. 황금비는 보라색 아이템을 던졌다. 강한 폭발에 험프티덤프티는 맥없이 뒤로 넘어졌다.

사나이 그건 너클리드와 비례요정이 쓰는 구슬 포탄인데, 네가 그 걸 자유롭게 쓰다니… 퀸의 목걸이에 담긴 힘을 어느 정도 흡수한 모양이구나. 그렇지만 그 정도 능력으로는 한참 부족해.

사나이가 다시 손가락을 튕기자 험프티덤프티가 몸을 둥글게 말았다. 거대한 구로 변한 험프티덤프티는 맹렬한 기세로 황금비에게 굴러왔다. 험프티덤프티가 닿는 데는 모조리 박살이 났다. 아이들은 기겁하며 모조리 도망쳤다. 모든 걸 부수며 공격해 오는 험프티덤프티를 피하며 잇달아 아이템구슬을 던졌지만, 전혀 타격을 입히지 못했다. 다른 방법을 써야 했다. 가방에서 새로운 아이템을 꺼내는데 굴러오던 험프티덤프티가 갑자기 멈췄다. 마치 젓가락이 구슬을 잡듯이, 긴 막대기 두 개가 쭉 뻗어 나가서 구 모양인 험프티덤프티를 꽉 잡았다.

고난도 이 녀석은 내가 상대할 테니, 너는 저 이상한 놈을 물리쳐.

황금비 그 괴물은?

고난도 내가 끝장냈어.

황금비 그럼, 부탁할게.

황금비는 주먹을 불끈 쥐어 보이고는 먼 데서 구경꾼처럼 뒷짐을 지고 선 사나이를 향해 새로운 아이템을 집어던졌다. 평평한 원반이 회오리를 일으키며 사나이를 향해 날아갔다. 사나이는 눈살을 찌푸리더니 또 다시 얼음판 위에서 미끄러지는 스케이트 선수처럼 쭉 뒤로 멀어지며 원반을 피했다.

고난도　　우리도 결판을 내야지?

고난도는 여의봉에 더 강한 힘을 주어 험프티덤프티를 꽉 잡았다. 둥글둥글하던 험프티덤프티 몸이 달걀처럼 일그러졌다. 인상을 험하게 구긴 험프티덤프티는 안 그래도 큰 입을 더 크게 벌렸다. 큰 입으로 주변 공기가 엄청나게 빨려들었다. 몸이 빵빵하게 부풀어 오르며 찌그러졌던 몸이 다시 원이 되었다. 험프티덤프티는 더욱 빠르게 몸을 회전했다. 자동차 바퀴가 제자리에서 고속으로 회전하며 흙먼지를 일으키듯이, 험프티덤프티 주위로 돌가루와 흙먼지가 부옇게 일어났다. 여의봉이 조금씩 벌어지고, 험프티덤프티는 점점 고난도에 가까워졌다. 만약에 험프티덤프티가 일으키는 회전에 휘말리면 고난도도 먼지처럼 부서질 수밖에 없었다.

고난도　　예전이라면 너를 상대할 수 없었겠지만, 조금 전에 원통 공간을 통과하면서 여의봉이 새로운 능력을 얻었거든. 이제 너한테 그걸 맛보여 줄게.

고난도는 여의봉 하나를 쭉 늘이더니 손으로 툭 끊었다. 여의봉은 칼

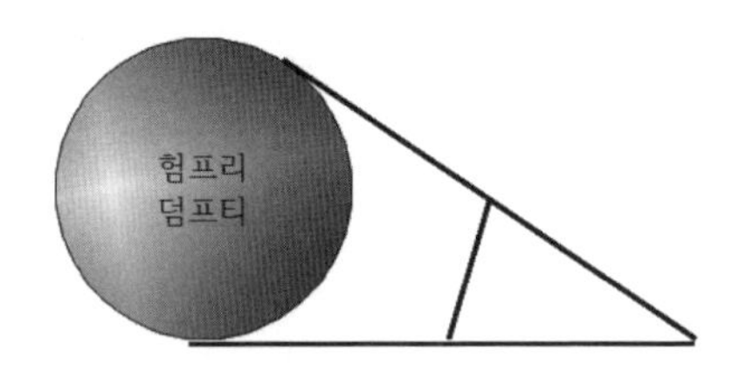

로 자른 무처럼 깨끗하게 쪼개졌다. 짧은 여의봉 조각 하나를 험프티덤프티를 붙잡고 있는 두 개의 접선 여의봉 사이에 끼워 넣었다. 여의봉 조각은 두 접선 여의봉에 단단하게 달라붙어서 두 선분을 연결하는 작은 선분처럼 되었다.

고난도 이제 정확한 길이에 맞춰 늘어나게 해야지. 삼각형 변의 길이는 접선 두 개의 길이를 더한 것과 똑같으니까[9] … 딱 그만큼 늘어나게 하면….

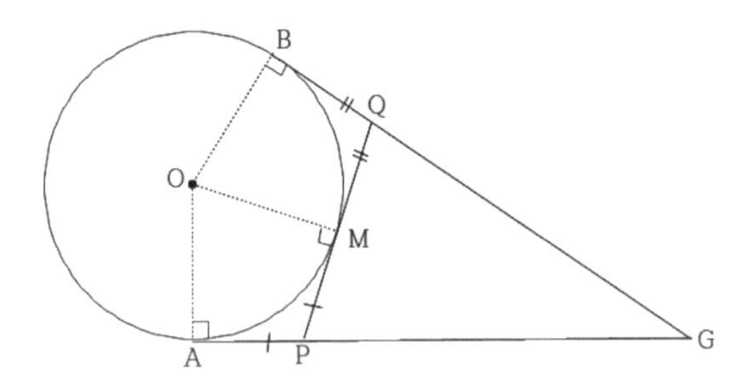

9 ΔGPQ의 길이$=\overline{GA}+\overline{GB}=2\overline{GA}=2\overline{GB}$

원과 접선의 관계에 따라 $\overline{PM}=\overline{PA}$, $\overline{QM}=\overline{QB}$

$$\begin{aligned}\Delta GPQ\text{의 길이} &= \overline{GP}+\overline{GQ}+\overline{PM}+\overline{QM} \\ &= \overline{GP}+\overline{GQ}+\overline{PA}+\overline{QB} \\ &= (\overline{GP}+\overline{PA})+(\overline{GQ}+\overline{QB}) \\ &= \overline{GA}+\overline{GB} \\ &= 2\overline{GA}=2\overline{GB}\end{aligned}$$

고난도는 짧은 여의봉 조각을 손가락으로 튕겼다. 짧은 여의봉 조각은 점점 길어지며 험프티덤프티를 향해 쭉 뻗어 나갔다. 철로를 타고 달리는 열차처럼 빠르고 부드러웠다. 점점 늘어난 여의봉 조각은 험프티덤프티 몸에 닿자 양쪽 접선 여의봉에 단단하게 고정되었다. 험프티덤프티는 접선과 정면에서 막는 선에 의해 꼼짝도 못 했다. 삼각형 구조는 그만큼 단단했고, 접선은 좌우로 빠져나가지 못하게 막았다. 있는 힘껏 밀어붙이던 험프티덤프티는 더는 전진이 불가능해지자 뒤로 물러나려고 했다.

고난도 그건 안 되지.

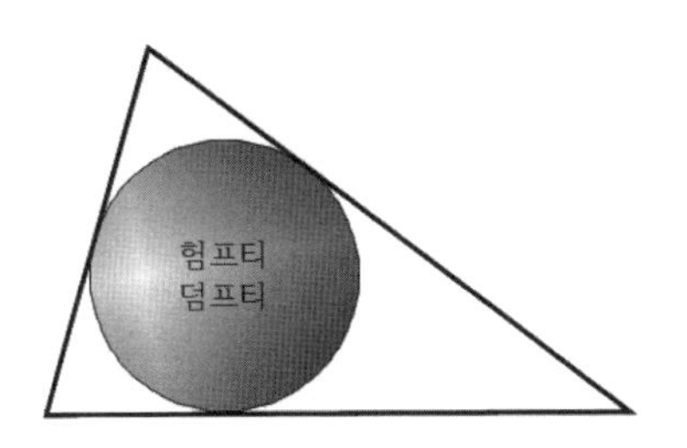

고난도는 접선 여의봉을 쭉 늘이더니 살짝 비틀었다. 늘어난 길이의 절반 지점이 툭 접혔다. 접힌 두 여의봉은 잠시 덜렁거렸지만, 자석의 N과 S극이 끌리듯이 서로 끌어당기더니 단단하게 연결되었다. 여의봉은 하나의 삼각형이 되었고, 험프티덤프티는 삼각형에 갇힌 원이 되었다.

삼각형 틀 안에 갇힌 험프티덤프티는 얼굴이 붉으락푸르락해졌다. 얼굴과 몸이 한 덩어리를 이룬 형태이기에 어디까지 얼굴이고, 어디까지가 몸인지는 알 수 없었지만 어쨌든 몹시 화가 난 듯했다. 험프티덤프티는 회전을 멈추더니 다시 입을 벌려서 크게 공기를 빨아들였다. 그러고는 온몸을 흙빛으로 바꾸더니 강한 에너지파를 뿜어냈다. 트위들덤, 트위들디 쌍둥이와 싸울 때 사용한 바로 그 에너지파였다. 에너지파가 강해지면서 험프티덤프티의 몸도 점점 부풀어 올랐다. 내접한 원이 커지니 삼각형을 이루는 여의봉도 점점 길어졌다. 고난도의 뜻과 상관없이 험프티덤프티의 에너지파에 밀려서 늘어난 것이었다.

고난도　　여의봉이 더는 늘어날 여력이 없는데….

다행히 험프티덤프티는 더는 커지지 않았다. 꽉 조이는 여의봉과 늘어나려는 험프티덤프티 사이에 팽팽한 균형이 이루어졌다. 여의봉에서 약하지만, 진동이 느껴졌다. 고난도와 여의봉은 이미 상당한 수준에서 교감이 이루어지는 관계였기에 여의봉으로 전해지는 충격은 고난도도 고스란히 느낄 수 있었다. 이렇게 위험한 진동이 느껴진 적은 한 번도 없었기에 고난도는 조금 불안해졌다.

고난도 도대체 얼마나 강한 에너지파인 거야?

고난도는 여의봉이 견뎌 낼 수 있는 한계치를 알았다. 그 한계치에 도달했는지 확인할 필요가 있었다. 한계치를 알려면 삼각형 내부를 채우는 에너지파의 크기를 알아야 하고, 그러려면 여의봉이 이루는 삼각형의 넓이를 알아야 했다.

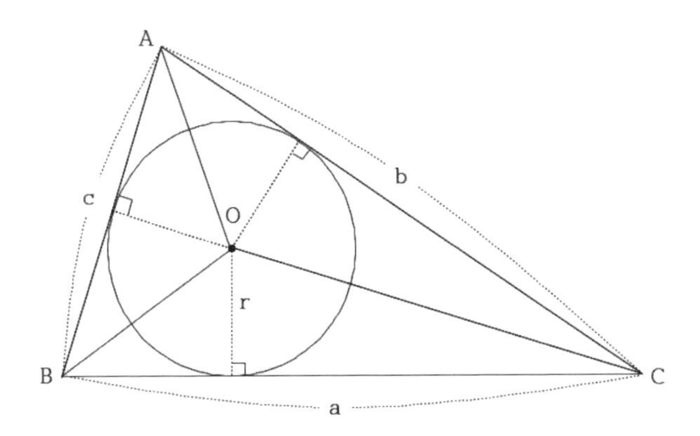

$$\Delta ABC = \Delta AOB + \Delta BOC + \Delta COA$$

$$\Delta ABC\text{의 넓이} = \frac{1}{2}cr + \frac{1}{2}ar + \frac{1}{2}br = \frac{1}{2}r(a+b+c)$$

여의봉의 길이를 통해 삼각형의 면적은 바로 파악이 됐다. 험프티덤프티가 분출하는 에너지파의 크기는 여의봉이 버티는 최대치에 거의 근접한 상태였다. 조금만 더 험프티덤프티가 강한 힘을 내면 여의봉이 산산조각이 날 수도 있었다.

고난도 김이 꽉 차면 일단 빼고, 힘으로 안 되면 변화로 제압해야지.

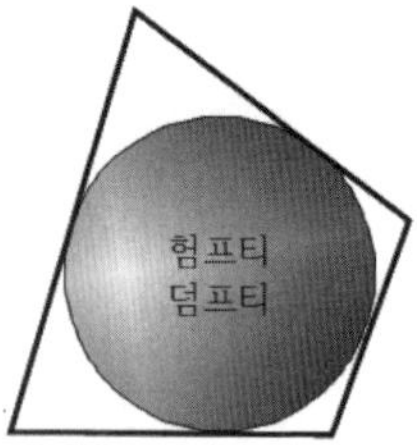

고난도는 자신 쪽에 있는 여의봉을 살짝 벌렸다. 강한 압력에 눌린 액체가 작은 구멍이 뚫리면 강하게 치솟듯이, 험프티덤프티의 에너지파는 벌어진 틈으로 확 쏠렸다. 험프티덤프티가 균형을 잃고 잠시 흔들렸다. 고난도는 여의봉을 꺾은 뒤 떨어진 여의봉을 다시 붙였다. 그러자 여의봉이 사각형으로 변신해서 험프티덤프티를 감쌌다. 삼각형으로 험프티덤프티를 감쌌을 때보다 사각형일 때의 여의봉 길이가 더 짧았다. 그 덕분에 여의봉에서 진동이 사라지고 위험한 상태에서 벗어났다.

고난도 힘이 아니면 변화로….

사각형을 이룬 여의봉의 각 길이는 끊임없이 변화하며 험프티덤프티를 옥죄었다. 험프티덤프티는 힘으로 대항하려 했지만, 여의봉이 변화무쌍하게 길이가 변하면서 타격 지점(접점)을 계속 바꿨기에 제대로 대응하지 못했다. 여의봉의 길이가 마구잡이로 변화하는 듯 보이지만 그 안에는 일정한 규칙이 있었다. 바로 마주 보는 두 변을 더하면, 그 더한 값끼리는 서로 같다는 점이었다. 즉 대변의 합은 늘 일정했다.

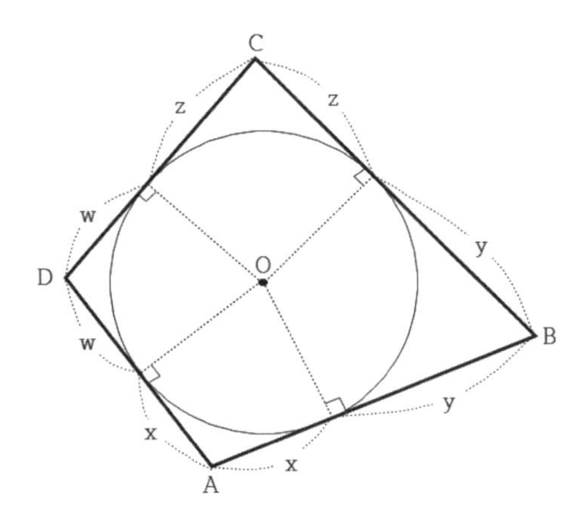

$$\overline{AB}+\overline{DC}=(x+y)+(w+z)=w+x+y+z$$

$$\overline{AD}+\overline{BC}=(w+x)+(y+z)=w+x+y+z$$

$$\overline{AB}+\overline{DC}=\overline{AD}+\overline{BC}$$

대변의 길이가 일정하기에 여의봉은 균형을 잡은 채 흐트러지지 않고 끊임없이 험프티덤프티를 압박했고, 험프티덤프티는 변화에 적응하지 못한 채 점점 크기가 줄어들었다. 험프티덤프티가 원래 형태로 돌아오자 여의봉이 완벽하게 제압했다.

고난도가 험프티덤프티와 맞서 싸울 때, 황금비는 피리 부는 사나이와 대결했다. 황금비가 던진 원반은 방향을 바꿔서 다시 사나이를 공격했다. 그럴 때마다 사나이는 아무렇지도 않게 원반을 피했지만, 목표물이 비켜나가자 원반은 유도미사일처럼 계속해서 사나이만 노리고 날아들었다.

사나이 모기처럼 귀찮군.

사나이가 품에서 피리를 꺼내더니 입에 물었다. 피리가 울리자 사나이를 노리던 원반은 방향을 틀더니 황금비를 향해 날아갔다. 황금비는 반지방패를 펼쳐서 원반을 막았다. 원반은 계속해서 반지방패를 강타했는데, 다섯 번째 충돌에서 원반에 금이 가더니 여섯 번째 충돌에서 산산이 부서졌다.

사나이 퀸이 되겠다는 용기도 가상하고, 전투 능력도 대단하지만 더는 너와 놀아 주고 싶지 않구나.

사나이는 피리를 가볍게 흔들며 연주를 했다. 언뜻 들으면 평범하지만 무서운 마법이 깃든 연주였다. 쥐 떼를 강물에 빠뜨리고, 아이들을 끌고 가는 등 마음을 연주자 뜻대로 조종하는 마법이었다. 연주가 계속 이어졌지만, 황금비는 덤덤하게 피리 부는 사나이를 지켜보기만 했다. 피리 소리에 아무런 반응을 보이지 않았다.

사나이 어떻게 된 일이냐? 왜 마법이 통하지 않지?

황금비는 어깨를 으쓱하더니 아이템 가방에서 작은 구슬을 꺼내 오른손 손가락 사이사이에 끼웠다.

사나이 지킬이구나! 지킬이 너한테 방어술을 알려 주었구나. 그렇다고 네 운명이 바뀌진 않아!

사나이는 연주를 바꿨다. 주변 사물들이 요동을 치며 하늘로 떠올랐다. 음악이 높은음에서 낮은음으로 꺾일 때마다 물건이 황금비를 향해 날아갔다. 마치 염력을 사용하는 초능력자 같았다. 황금비는 반지방패로 물건을 막으면서 기회가 생기면 손가락에 끼워 놓은 구슬을 던졌다. 방패에 맞은 물건은 가루가 되어 부서졌고, 구슬은 강하게 폭발했다. 사나이가 스케이트 선수처럼 부드럽게 미끄러지며 폭발을 피했기에 구슬 공격은 아무런 성과를 거두지 못했다. 물건이 날아와 방패에 맞아서 부서지고, 구슬이 터지는 싸움이 계속 이어졌다. 싸움이 길어지니 사나이가 피리로 조종할 물건이 거의 다 사라졌고, 황금비가 사용할 구슬도 거의 떨어졌다.

사나이 내가 이렇게까지 힘을 쓰게 하다니….

또다시 연주가 바뀌었다. 수백 명이나 되는 사람들이 손톱을 세워서 얇은 나무판을 두드리는 소리가 사방팔방에서 들려왔다. 황금비는 그것이 어떤 소리인지 금방 알아차렸다. 피리 부는 사나이를 유명하게 만든, 바로 쥐 떼였다. 수천, 아니 수만 마리가 넘는 쥐 떼가 황금비를 향해서 몰려들었다. 황금비는 아이템 가방에서 둥근 구를 꺼냈다. 너클리드와 비례요정이 구 안에 들어가서 사용하는 모습을 몇 차례 보았기에 익숙한 아이템이었다. 황금비가 들어가자 투명한 구는 솜털처럼 가볍게 위로 떠 올랐다.

사나이 공중에 뜨면 피할 수 있다고 생각했단 말이냐? 너는 나를 너무 모르는구나.

피리 부는 사나이가 연주를 살짝 변형했다. 같으면서도 다른 음악이었다. 변주곡이 연주되자 하늘에 먹구름이 끼면서 햇살이 사라졌다. 먹구름인 줄 알았던 것은 박쥐 떼였다. 수십만 마리나 되는 박쥐 떼가 하늘을 새까맣게 덮으며 황금비가 있는 구를 향해 날아들었다. 구 표면에 닿은 박쥐는 작은 폭발을 일으키며 먼지처럼 소멸하였다. 한 마리가 주는 타격은 강하지 않았다. 그러나 그것이 수백 수천 번 잇달아 벌어지면 상황은 달라진다. 콘크리트 방어벽도 얼마 버티지 못하고 무너질 만한 공격이 투명한 구에 가해졌으니 결과는 뻔했다. 투명 구는 금방 균일이 생기고 금세 무너질 위기에 처했다.

이대로 당할 수는 없었다. 황금비는 피리 소리가 나는 방향이 어디인지 어림했다. 지킬 박사가 준 아이템은 소리를 차단하지 않는다. 단지 피리 소리에 마음을 빼앗기지 않게 막아 주기만 했다. 그 효능을 지키려면 침묵을 유지해야 했다. 말을 하면 아이템 효능이 사라지기에 싸우면서도 황금비는 한마디도 하지 않은 것이다. 피리 부는 사나이는 박쥐 떼로 인해 황금비가 어디 있는지 정확히 모른다. 박쥐 떼가 많아도 너무 많아서 시야를 완전히 가렸기 때문이다. 기회는 한 번뿐이었다.

황금비는 에너지 막을 최대치로 올렸다. 가는 금이 구 표면 전체로 퍼졌다. 피리 소리가 나는 곳으로 투명 구를 돌진시켰다. 구를 최대한 목표 지점에 접근시킨 뒤, 구를 폭파했다. 구에 잠재된 에너지를 일순간에 터트린 것이다. 잠시지만 박쥐와 쥐가 한 마리도 없는 공간이 생겼고, 피리 부는 사나이는 황금비가 타격할 수 있는 거리 내에 들어왔다. 기회는 한 번이었다. 사나이는 스케이트 기술로 피하려 했지만, 폭발로 밀려 나간 쥐 떼로 인해 잠깐 방해를 받았고, 그 짧은 머뭇거림은 황금비에게 다시 없는 기회가 되었다. 전투행성을 누비던 최강 전사의 발길질이 피리 부는 사나이의 턱을 강타했다. 사나이는 피를 뿜으며 뒤로 넘어졌고, 피리도 손에서 놓쳤다. 사나이는 곧바로 몸을 추슬렀지만, 피리는 이미 황금비 손에 넘어간 뒤였다.

피리 소리가 사라지자 박쥐는 방향을 못 잡고 날아다녔으며, 쥐 떼는 어둠을 찾아 도망쳤다. 박쥐가 어지럽게 날아다니는 바람에 황금비는 사나이가 어디로 도망치는지 알아차리지 못했다. 쥐와 박쥐가 거의 다 사라졌는데, 원형 모래밭에 쓰러진 사나이가 보였다. 그 옆에는 고난도가 싱글벙글 웃으며 손을 흔들고 있었다. 황금비는 혹시 몰라 말은 하지 않고 손만 흔들었다. 그러고는 재빨리 다가가 스카프에서 뽑아낸 실로 사나이를 꽁꽁 묶었다.

황금비 어떻게 붙잡은 거야?

고난도 험프티덤프티를 제압한 뒤에 네가 싸우는 걸 지켜봤는데, 이 자가 패하면 도망칠 데가 여기밖에 없겠더라고.

황금비 내가 이길 줄 알았던 거야?

고난도 당연하지. 이 메타버스에서 네가 제일 강하잖아.

황금비 운이 좋았어. 그나저나 피리 소리는 어떻게 이겨낸 거야?

고난도 간단해. 소리를 차단하면 끝이잖아. 그래서 신경연결망에서 소리 기능을 아예 꺼 버렸어.

황금비 이런, 그렇게 간단한 방법이….

고난도 잠깐이었지만 늘 의존하던 감각이 사라지니 도리어 평온했어. 소설 『프랑켄슈타인』에서 박사가 만든 피조물을 온전한 존재로 대한 사람은 눈이 먼 노인밖에 없었잖아. 노인에게 피조물은 괴물이 아니었지. 그냥 자신과 동등하게 귀한 피조물이었어. 많은 사람이 그 노인과 같았다면 괴물은 없었을 거야. 이 세상도 마찬가지야. 그 노인처럼 본질을 볼 줄 알면 괴물과 악마는 나타날 수 없지. 눈이 안 보이고 소리가 안 들리면 일상생활은 참 불편한데, 어떤 면에서는 그 가려진 감각 덕분에 오히려 진실에는 더 잘 다가갈 수도 있겠다는 생각이 들었어.

황금비 마음에 새겨야 할 깨달음이네.

고난도 그나저나 자롱이는 어딨어?

말이 끝나자마자 놀이터 건너편 하늘에서 자롱이가 날아왔다. 자롱이 꼬리에서는 선명한 초록빛이 주변을 환하게 밝혔고, 자롱이가 지나는 길에는 보라색 길이 생겨났다. 자롱이는 기쁨이 가득한 표정을 구에 만들며 고난도 품에 안겼다.

고난도 자롱아, 괜찮아?

자롱이 자롱, 자롱! 자롱이 능력 회복. 능력 완전 회복!

고난도 정말이야? 이제 예전 능력을 다 회복한 거야? 정말 다행이다!

고난도는 자롱이를 껴안고서 방방 뛰며 좋아했다. 자롱이는 신나게 날갯짓을 하며 앞서서 나갔다. 폐허가 된 놀이터를 지난 보라색 길은 아름다운 돌담을 두른 작은 원형 광장으로 이어졌다. 원형 광장의 중심점에 이르자 누가 봐도 관문처럼 보이는 형상물이 보라색 길 위에 생겼다.

황금비 느껴져. 저기가 퀸의 의자로 가는 마지막 관문이야.

고난도 더는 방해꾼은 없겠지?

황금비 지킬 박사님이 알려 준 대로라면 더는 없어.

고난도　　그럼 다행이네.

황금비　　그렇지만 만만한 관문 같지는 않아.

고난도　　늘 그랬듯이 우린 해낼 거야.

고난도는 당당하게 말하고 원형 입구로 다가갔다. 그때 뿌연 안개가 끼더니 원형 광장을 에워싼 돌담 한쪽이 무너져 내렸다. 안개 사이로 반가운 얼굴들이 나타났다.

06. 원주각으로 체크메이트

: 원주각의 성질 :

고난도 정말 그 여자가 여기까지 바로 오는 방법을 알려 줬단 말이야?

나우스 그렇다니까?

고난도 이제부터 착하게 살겠대? 아니면 무슨 거래라도 했어?

나우스 그건 나도 잘 몰라.

연산균 수지랑 대화를 나누더니….

고난도 수지랑? (수지를 보며) 넌 도대체 어떻게 설득한 거야?

미지수지 별다른 얘기는 아니었는데 갑자기 뭐에 홀린 듯 여기 오는 방법을 알려 줬어.

고난도 비례요정이 정말 그랬단 말이지…. 혹시 나한테 한정판 립스틱을 준다는 소리는 안 했어?

미지수지 그럴 정신이 없었어. 듣자마자 바로 왔거든.

고난도 빨리 일을 마무리하고 돌아가서 한정판 립스틱을 받아야겠어. 금비야, 혹시 한정판 립스틱을 넘겨주지 않겠다고 하면 절대 그 실을 풀어 주지 마. 알았지?

황금비 알았으니까 걱정하지 마. 그런 대화는 그만하자. 지금은 이 관문을 지나는 게 급선무야.

수학탐정단 친구들은 모처럼 다 같이 모여서 눈앞에 주어진 과제를 해결하기 위해 마지막 관문 앞에 섰다. 관문은 옆으로 눕힌 원기둥 형태인데, 하수관로를 밖으로 꺼내 놓은 듯이 광장 귀퉁이에 덩그러니 놓여 있었다. 옆으로 돌아서 반대편 원통을 보면 아무것도 없는데 앞쪽으로 오면 무수한 실로 방어막이 처져 있었다. 실은 두께가 $1mm$밖에 안 될 만큼 가늘었다. 연산균이 실에 돌을 대 보니 두부처럼 쪼개졌다. 닿기만 해도 쪼개 버릴 만큼 무시무시한 위력이었다.

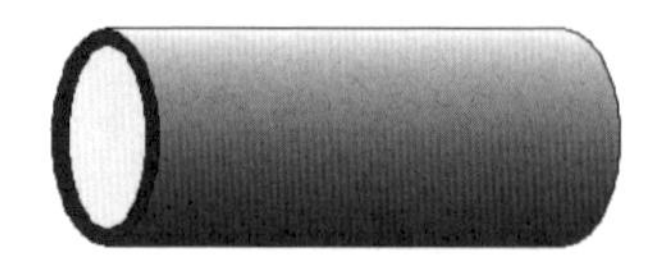

원통의 지름은 $2m$쯤 되고, 원통 윗부분에 작은 원 두 개가 구슬처럼 끼워졌는데 그 두 원에서 모든 선이 뻗어 나왔다. 가는 선은 원 곳곳으로

이어져서 함부로 통로로 들어가지 못하도록 가로막았다. 작은 원에서 뻗어 나온 두 선은 통을 이루는 안쪽 원에서 만난 뒤, 직선으로 나아가 통 바깥 원에서 끝났다. 두 직선이 만났기 때문에 안쪽 원과 만나는 점에서 맞꼭지각이 형성되었다. 또한 작은 구슬에서 나온 실이 원둘레와 만났기 때문에 그것은 원주각이기도 했다. 두 점에서 뻗어 나온 실이 수많은 원주각을 만든 것이다.

굵은 선은 딱 한 가닥인데 원의 중심부에서 꺾여서 부채꼴을 이루었다. 그런데 모든 실이 나오는 원천인 작은 구슬이 20초마다 조금씩 움직였다. 구슬이 움직일 때마다 굵은 선이 만드는 부채꼴의 중심각이 바뀌고, 가는 실이 만드는 원주각의 크기도 바뀌었다.

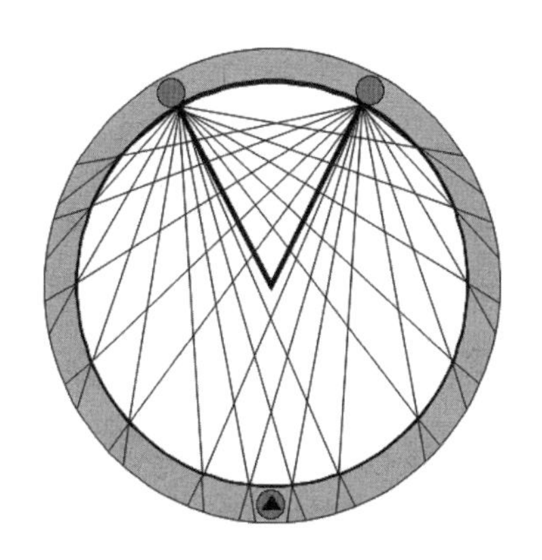

고난도 자롱아, 저 굵은 선이 아무래도 원의 중심에서 꺾인 것 같은데 맞는지 확인해 봐.

자롱이 자롱이 측정함. … 꺾인 곳은 원의 중심.

연산군　　이 실들을 제거해야 지나갈 수 있는데…, 어떻게 제거하지?

나우스　　칼로 자르면 안 될까?

미지수지　　조금 전에 단단한 돌을 두부처럼 잘라 버리는 걸 봤잖아. 아마 칼도 힘들걸.

고난도는 여의봉을 늘여서 가까이 댔다. 실에 가까워지자 여의봉에서 가는 떨림이 전해 왔다. 실에 닿으면 여의봉도 돌처럼 쪼개질 게 뻔했다.

고난도　　여의봉이 떨려. 여의봉이 잘린다면 칼은 두말할 필요도 없어.

나우스　　그럼 이걸 어떻게 없애?

황금비　　잠깐만…. 방법이 뭔지 알겠어.

황금비는 오른손은 목걸이에 대고 왼손을 원통 아래쪽에 댔다. 원통 아래에는 삼각형을 감싼 작은 원이 그려져 있었다. 손을 댄 채 황금비는 지그시 눈을 감았다. 황금비 머리 위로 보라색 아지랑이가 피어올랐다. 황금비가 왼손 검지를 까딱할 때마다 작은 삼각형 조각이 바닥으로 하나씩 떨어졌다. 고난도는 경험을 통해 이런 삼각형이 관문을 통과할 때 핵심 열쇠라는 점을 터득했기에 삼각형 조각을 재빨리 집어 들었다. 삼각형 조각은 두께가 $1mm$밖에 안 될 만큼 얇았는데, 한쪽 꼭짓점 각도가 힘을 주는 대로 바뀌었다. 삼각형 조각은 모두 14개였다. 삼각형 조각이 모두 나오자 황금비는 작은 원에서 손을 뗐다.

미지수지 알아냈어?

황금비 응. 이걸 원통 바깥쪽 맞꼭지각에 끼워 넣어야 해.

나우스 저 바깥쪽 맞꼭지각에 끼워 넣는다고?

고난도가 삼각형 하나를 들더니 크기를 눈대중으로 재고는 삼각형 조각을 맞꼭지각에 끼워 넣었다. 크기가 정확하지 않은지 삼각형이 바닥으로 떨어졌다. 다시 크기를 조절한 뒤에 삼각형 조각을 대니 떨어지지 않고 그대로 붙어 있었다. 그러나 조금 뒤, 구슬이 움직이며 각이 변화하자 삼각형 조각은 아무런 힘도 없이 바닥으로 떨어져 버렸다.

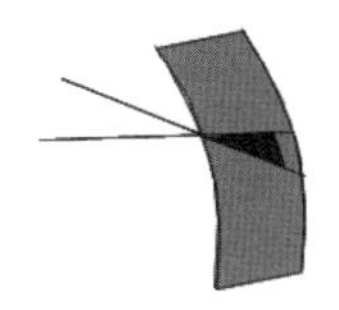

고난도 자롱아. 너 혹시 저 실선들의 각도를 측정할 수 있어?

자롱이 자롱이 측정 중. … 측정 불가. 실이 레이저를 반사하지 않아 측정 불가.

고난도 그럼 저 굵은 실은 측정이 돼?

자롱이 측정 중…. 굵은 실은 측정 가능. 현재 32°.

고난도 굵은 선은 측정할 수 있고, 가는 실로 된 곳은 측정할 수 없단 말이지.

고난도는 삼각형 조각을 들고서 고민에 빠졌다.

연산군　20초 안에 14개나 되는 각의 크기를 일일이 확인해서 정확히 끼워 맞추는 게 가능할까? 다섯 명이면 한 명이 세 조각씩 맡으면 되니까 가능할 것 같기도 한데.

황금비　다섯 명이 아니야. 네 명이 해야 해.

미지수지　왜 네 명이야? 우린 다섯 명이잖아?

황금비　나는 저 원이 그려진 삼각형에 손을 대고 있어야 해. 그래야 관문이 열려.

연산군　그럼 두 명은 4개, 두 명은 3개를 끼워 넣어야 하는데 20초에 그게 될까? 4개면 1개당 5초밖에 안 되는데….

나우스　연습을 수없이 해야지. 하다 보면 되지 않겠어?

고난도　잠깐만…. 그렇게 단순 무식한 방법일 리 없어. 이곳은 수학으로 이루어진 세계야. 수학으로 이루어진 관문이라면… 어떤 규칙이 있을 거야.

나우스　그 원리를 찾아내는 데 시간을 낭비하기보다 1초라도 빨리 시도를 해보는 게 더 나을 거야.

연산군　나우스 말이 맞아. 피타고*X*가 비행선을 완성하기 전에 빨리 해야지.

미지수지　기다려 봐. 고난도가 해결책을 찾고 있잖아.

황금비　나도 동의해. 원리를 찾아내는 과정이 느리고 힘들어 보여도, 찾아내고 나면 그 어떤 것보다 빠르고 정확하니까.

고난도는 바닥에 원을 그리더니 직선과 각을 표시했다. 그러고는 계속 끄적거리더니 고개를 갸웃하고는, 다시 원과 직선과 각을 그렸다. 원 세 개에 각기 다른 직선과 각을 만들고서 계산을 한 고난도는 흡족한 표정을 지었다.

미지수지 찾아냈어?

고난도 간단하네. 전부 같은 각을 끼워 넣으면 돼.

나우스 같은 각을 끼워 넣다니 무슨 말이야? 조금 전에 각이 바뀌니까 조각이 그냥 떨어졌잖아.

고난도 그게 아니라 14개 각이 전부 같으니까 똑같이 맞춘 뒤에 끼워 맞추면 된다고.

미지수지 저 원주각들이 전부 같다는 말이야? 눈으로 보기에는 조금씩 달라 보이는데….

고난도 그건 형태 때문에 빚어지는 착시야. 저 14개의 각은 전부 같아. 그리고 더 중요한 점, 원주각은 중심각의 $\frac{1}{2}$이야.

미지수지 그러니까 저 굵은 선이 만드는 중심각의 절반이라고?

나우스 말이 안 되잖아?

고난도 맞다니까.

미지수지 네 말이 맞다면 각이 변하자마자 자룡이가 중심각을 측정하고, 그 중심각의 절반 크기로 이 삼각형을 전부 조절한 뒤에 끼워 넣으면 된다는 거잖아.

고난도는 삼각형을 모두 들더니 꽉 쥐고 한꺼번에 움직여 보았다. 삼각형이 동시에 움직이며 각도가 조절되었다. 자롱이는 변화되는 삼각형 조각의 각도를 곧바로 측정해 냈다.

고난도 　한꺼번에 각도 조절이 돼.

미지수지 　그럼 가능성이 더 커지네.

나우스 　아무래도 미심쩍은데.

미지수지 　맞는지 틀리는지는 일단 해 보면 되잖아.

미지수지가 강하게 밀고 나가자 나우스도 더는 의문을 제기하지 않았다. 자롱이가 먼저 중심각을 측정하면 고난도가 모든 삼각형 조각을 든 채 자롱이의 도움을 받아 정확하게 중심각의 $\frac{1}{2}$로 각도를 맞춘 다음, 각자가 삼각형 조각을 나눠 받아서 자신이 맡은 데에다 끼워 넣는 연습을 했다. 처음에는 25초가 걸렸지만, 점점 연습하자 아슬아슬하게 20초 이내에 성공할 수 있었다. 몇 번 더 연습한 뒤에 바로 실행에 옮겼다.

황금비가 아래쪽 작은 삼각형에 손을 대고 기다렸다. 구슬이 움직이고 각도가 바뀌었다. 자롱이는 중심각을 34°라고 했다. 34°의 절반은 17°다. 고난도는 연습을 통해 17°가 어느 정도인지 대충 감을 잡았기에 재빨리 손을 움직여 삼각형 조각의 각도를 맞췄다. 자롱이가 옆에서 미세하게 어긋난 각도를 조절해 주었다. 각도를 다 맞추자 넷이 조각을 나눠 가진 다음, 각자 맡은 곳에 끼워 넣었다. 자롱이가 19.89초라고 말했고, 모두 환호성을 질렀다. 황금비가 찬 목걸이 전체가 보라색으로 물들면서 다시 흐릿한 아지랑이가 피어올랐다. 아지랑이는 희미하기는 했지만, 왕관 형상이었다. 원통을 가로막던 실은 모두 사라졌고, 황금비도 눈을 떴다.

겉에서 보기에는 어둡고 짧은 통로였는데 막상 들어서니 밝고 긴 통로였다. 통로 끝까지 가는 데 꽤 오랜 시간이 걸렸다. 나우스는 도저히 궁금증을 참기 힘든지 고난도를 붙잡고 다시 질문을 했다.

나우스 분명히 눈으로 보기에는 각도가 달랐어. 그런데 그게 어떻게 같을 수가 있어?

고난도 중심각과 원주각의 관계는 세 가지 종류가 있어. 눈으로 보면 이해하기 쉬워.

고난도가 자롱이에게 도형 형태를 설명하자, 자롱이는 레이저로 허공에 도형을 그렸다.

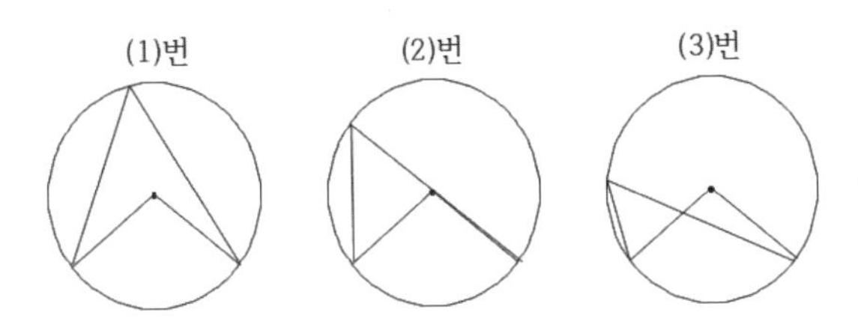

나우스 이 세 가지 종류를 다 확인해야겠구나.

고난도 한 호에 대한 원주각의 크기는 모두 같고, 원주각은 중심각 크기의 $\frac{1}{2}$인지 하나씩 확인할 거야. 일단 (1)번부터 보자.

고난도는 자룡이에게 기호도 표시하게 했다. 나우스는 자룡이가 적바림한 기호를 꼼꼼하게 살폈다.

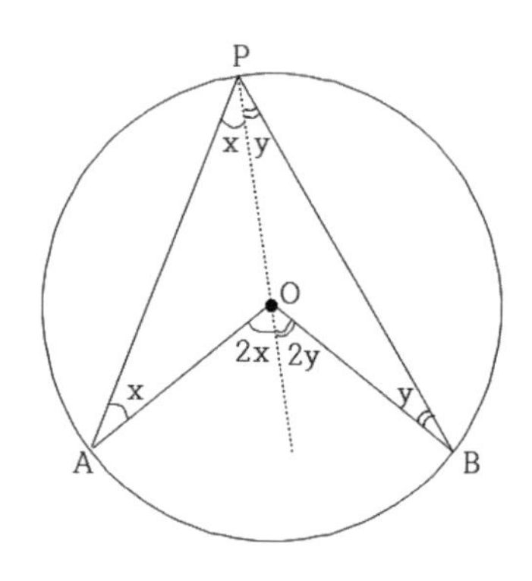

고난도 $\triangle AOP$와 $\triangle BOP$는 이등변삼각형이야. 이등변삼각형이므로 $\angle OPA$와 $\angle OAP$의 크기(x)는 같고, $\angle OBP$와 $\angle OPB$의 크기(y)도 서로 같아. 따라서 $\angle AOP$의 외각은 $2x$, $\angle BOP$의 외각은 $2y$야. $\angle APB$는 $x+y$이고 $\angle AOB$는 $2(x+y)$인 게 보이지? 따라서 (1)번 모양에서 원주각은 중심각의 $\frac{1}{2}$이고, 호AB에서 만들어지는 원주각의 크기는 모두 같아.

나우스 음…, 그러네. 그럼 (2)번은…?

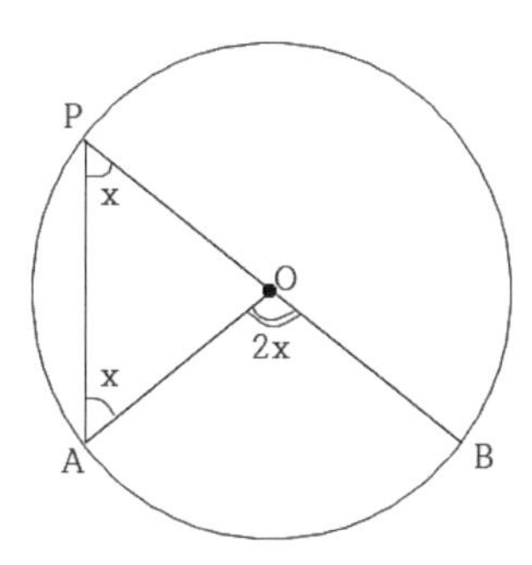

(2)번 형태를 잠시 살피던 나우스는 고개를 끄덕였다.

나우스 (2)번은 따로 증명하고 말 것도 없네. 원주각은 x이고, 중심각은 $2x$이니까.

고난도 (3)번 형태는 조금 까다롭지만 한 원에서 반지름이 늘 같다는 성질과 반지름 두 개로 이루어진 삼각형은 언제나 이등변삼각형이라는 성질을 이용하면 (3)번 모양도 증명할 수 있어.

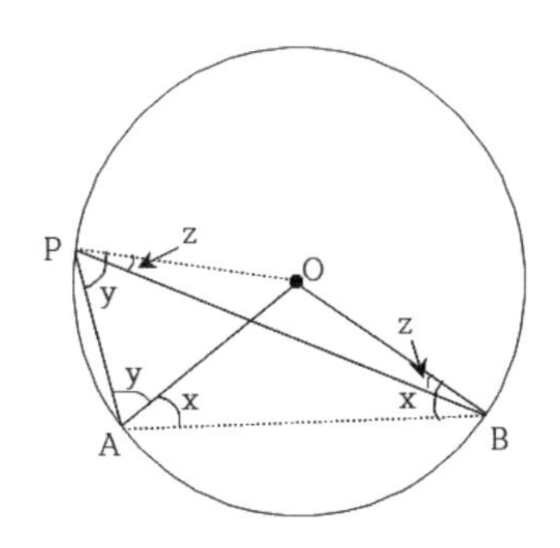

■ (3)번 증명

ΔOAB는 이등변삼각형, 밑각 $\angle OAB$, $\angle OBA$를 x라 한다.

ΔOPA는 이등변삼각형, 밑각 $\angle OPA$, $\angle OAP$를 y라 한다.

ΔOPB는 이등변삼각형, 밑각 $\angle OPB$, $\angle OBP$를 z라 한다.

ΔPAB에서

$180^\circ = \angle APB + \angle PAB + \angle PBA$

$= \angle APB + (x+y) + (x-z)$

$\angle APB = 180^\circ - (\angle PAB + \angle PBA)$

$= 180^\circ - [(x+y) + (x-z)]$

$= 180^\circ - (2x + y - z)$

$= (180^\circ - 2x) - (y - z)$

ΔOAB에서 $\angle AOB = 180^\circ - 2x$

ΔPAB에서 $\angle APB = y - z$

이를 위 식에 대입하면

$\angle APB = (180^\circ - 2x) - (y - z)$

$= \angle AOB - \angle APB$

$\therefore 2\angle APB = \angle AOB$

고난도 증명 끝!

나우스 　복잡하긴 하지만 어쨌든 (3)번 모양도 맞네. 그러면 어떤 형태든 전부 원주각은 중심각의 절반 크기이고, 같은 호에서 나온 원주각은 모두 그 크기가 같겠네.

나우스는 궁금증이 풀리자 얼굴빛이 환해졌다. 첫 통로를 지나자 다시 원형 광장이 나오고 귀퉁이에 하수관로처럼 생긴 관문이 똑같이 놓여 있었다. 두 번째 관문은 첫 번째 관문과 그 형태가 거의 같았는데 실이 입구를 막은 모양새만 달랐다.

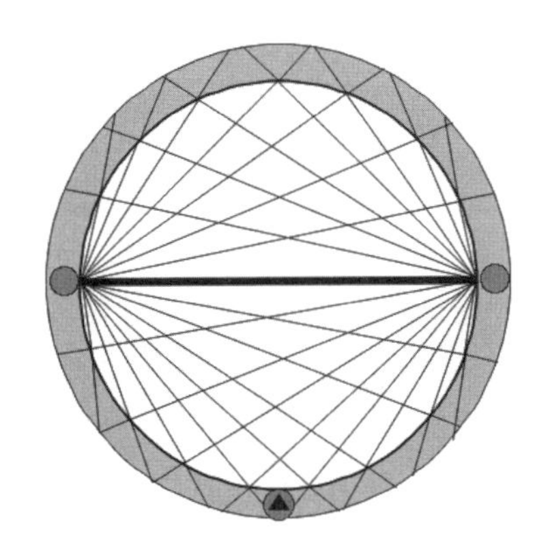

황금비 　구슬이 만들어 내는 굵은 선이 아무래도 지름 같지?

고난도 　그래 보이네. 자룡아, 확인해 줘.

자룡이 　중심선 측정 중… 지름 맞음.

구슬은 첫 관문과 마찬가지로 20초마다 이동했지만, 항상 지름인 상태를 유지했다. 이번에도 황금비는 오른손은 목걸이에 대고 왼손을 원통 아래쪽에 댔다. 원통 아래에는 삼각형을 감싼 작은 원이 그려져 있었다. 황금비가 눈을 감자 머리 위로 보라색 아지랑이가 피어올랐다. 황금비가 왼손 검지를 까딱할 때마다 작은 삼각형 조각이 바닥으로 하나씩 떨어졌는데, 역시 두께가 1mm밖에 안 될 만큼 얇았고, 개수도 14개로 같았다.

미지수지　저것도 원주각이라고 해야겠지?

나우스　그렇지. 반원에 대한 원주각이지.

미지수지　그럼 중심각은 180°인 건가?

나우스는 무엇을 깨달았는지 손뼉을 세게 쳤다.

나우스　맞아. 중심각이 180°면, 원주각은 그 절반인 90°야. 그러니까 이 실들이 만든 원주각은 모조리 90°야.

미지수지　그러네.

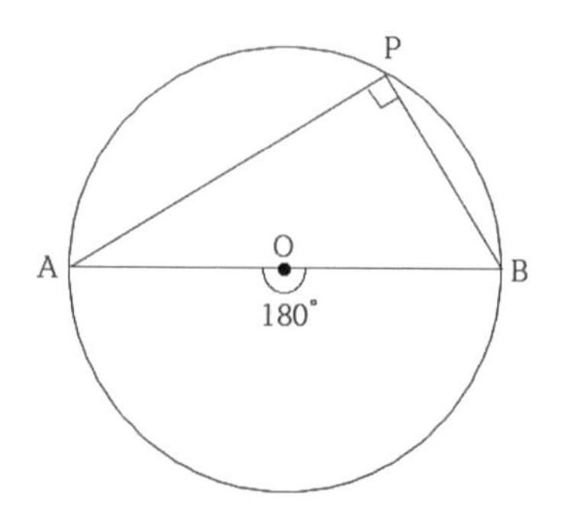

삼각형 조각을 90°로 똑같이 맞춰서 각자 나눠 가졌다. 구슬이 움직이자마자 맡은 곳에 삼각형 조각을 일제히 끼워 넣었다. 5초도 되지 않아 모든 조각이 제자리를 찾았다. 황금비의 목걸이가 붉은색으로 물들면서 황금비 머리 위로 아지랑이가 피어올랐다. 아지랑이는 점점 진해지더니 아주 뚜렷한 왕관 형상이 되었다. 황금비가 눈을 뜨자 왕관도 그 모습을 감추었다.

두 번째 관문의 통로는 첫 번째보다는 짧았다. 통로를 지나자 다시 원형 광장이 나오고 귀퉁이에 하수관로처럼 생긴 세 번째 관문이 나타났다. 형태나 원리는 이전의 두 관문과 비슷했는데 다른 점은 구슬이 네 개라는 점이었다.

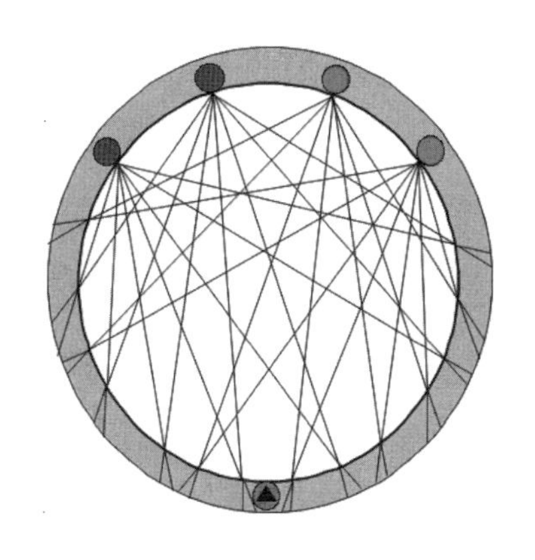

황금비 느껴져. 이게 마지막 관문이야.

연산군 여길 지나가면 드디어 퀸의 의자라는 거네.

미지수지 빨리 깨뜨리고 가자.

나우스 모양이 꽤 복잡한데….

미지수지 그러게. 구슬이 네 개나 되니 모양이 헷갈려.

고난도 복잡해 보이지만 형태는 단순해. 일단 확인할 게 있어. (자롱이에게) 색깔이 같은 두 구슬 사이의 간격이 서로 같은지 확인해 줘.

자롱이는 색깔이 같은 구슬 사이의 간격을 측정했다. 구슬이 움직일 때마다 측정해서 숫자를 불러 주었다. 구슬이 떨어진 간격, 즉 호의 길이는 계속 변했다. 그러나 색깔이 같은 구슬끼리 만드는 호의 길이는 늘 서로 같았다.

나우스 두 호의 길이가 같은 건 알겠어. 그렇지만 선이 워낙 복잡해서 잘 모르겠어.

고난도 형태를 단순화하면 이렇게 돼.

고난도는 바닥에 동그라미를 그리고 두 개의 원주각을 그렸다.

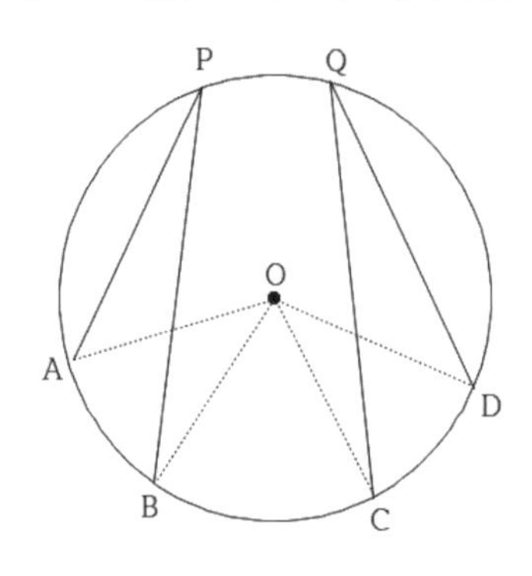

나우스　　이 복잡한 선이 이렇게 단순한 거였어?

미지수지　　그러네. 그냥 호가 두 개여서 복잡해 보였을 뿐이야.

나우스　　자롱이가 측정한 대로라면 호AB와 호CD는 항상 서로 길이가 같다고 했잖아.

미지수지　　호의 길이가 같으면 중심각의 크기가 같아. ($\angle AOB = \angle COD$).

나우스　　원주각은 중심각의 $\frac{1}{2}$이므로 $\angle P$와 $\angle Q$도 같겠네.

연산균　　그러면 이번에도 모든 각의 크기가 같다는 말이구나.

나우스　　맞아요.

미지수지　　그런데 문제가 있어.

연산균　　뭐가 문제야? 첫 번째 관문과 똑같은 방식으로 하면 되잖아.

미지수지　　그때는 중심각이 있었잖아. 이번에는 중심각을 측정할 수가 없어.

나우스　　아… 그러네. 자롱이가 가는 실로 된 각은 측정을 못 하니, 직접 삼각형 하나의 각을 맞춘 뒤에 나머지를 똑같이 조절해야 한다는 말인데….

미지수지　　그러면 20초 이내에 못 해.

연산균　　그럼 어떻게 해? 이게 마지막 관문인데….

그때 고난도는 자롱이에게 관문의 원둘레를 측정하라고 했다. 자롱이가 측정한 원둘레는 628cm였다.

고난도　호의 길이만 알면 바로 중심각을 파악할 수 있어.

미지수지　아… 그러네.

$$\frac{\text{중심각}}{360^\circ} = \frac{\text{호의 길이}}{\text{원둘레}}$$

$$\text{중심각} = \frac{\text{호의 길이}}{\text{원둘레}} \times 360^\circ$$

나우스　원둘레가 628cm이니까… 360÷628=0.5732…. 호의 길이가 나오면 곧바로 0.5732를 곱해. 그러면 중심각이 나와.

고난도　계산식만 세워 두면 자롱이가 빠르게 값을 계산할 수 있어.

미지수지　좋아. 그럼 이제 해 보자.

황금비는 이전 관문처럼 아래쪽 작은 삼각형에 손을 대고 기다렸다. 구슬, 네 개가 움직였다. 자롱이는 호의 길이를 57.6cm라고 했다. 공식에 따라 중심각은 33°가 나왔다. 33°의 절반은 16.5°다. 고난도는 감으로 각도를 맞췄고, 자롱이의 도움을 받아서 각도를 정확하게 맞춘 뒤에 각자 맡은 숫자만큼 삼각형 조각을 나눠 가졌다. 재빨리 손을 놀려서 각자 맡은 곳에 조각을 끼워 넣었다.

미지수지　성공한 거야?

황금비가 찬 목걸이가 노랗게 바뀌었다. 진한 아지랑이가 피어오르더니 뚜렷한 왕관 형상이 만들어졌다가 사라졌다. 왕관과 함께 실이 사라지고, 황금비가 눈을 떴다. 모두 환호성을 질렀다. 마지막 통로는 아주 짧았다.

나우스 대단한 곳이라도 되는 줄 알았는데, 평범하네.

나우스가 말한 대로 퀸의 의자는 원 중심에 놓인 낡고 평범한 나무 의자였다. 곳곳에 남은 긁힌 자국과 진한 밤나무 빛깔은 긴 세월이 남긴 흔적이었다. 원 둘레를 따라서 의자가 네 개나 놓였는데, 퀸의 의자보다 새것이었다. 의자 등받이에는 각각 A, B, C, D라는 알파벳이 적혀 있었다.

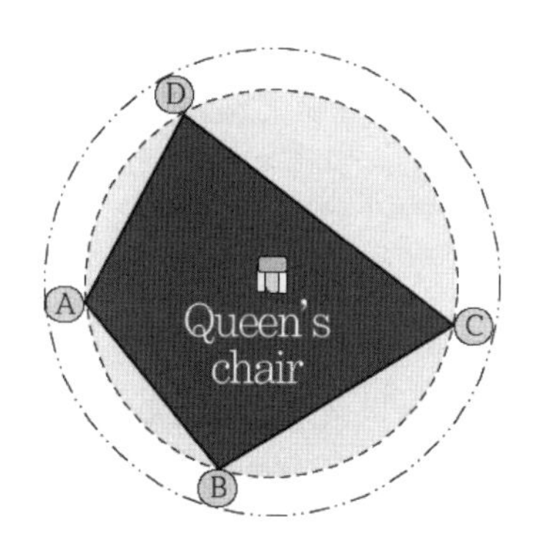

미지수지 가운데는 퀸의 의자인데, 저쪽에 있는 네 개는 뭐지?

황금비 의자에 돌을 올려 놔도 되고, 사람이 앉아도 된대.

연산군 누가 그래?

황금비 목걸이가 알려 줬어. 퀸의 의자에 앉으면 저 의자들이 조금 흔들리게 되는데, 그러다 원에서 이탈하면 안 된대.

나우스 사람이 앉아도 된다면 우리 네 명이 앉으면 되겠네.

친구들은 신이 나서 의자 네 곳에 나눠 앉았다. 황금비는 심호흡하더니 퀸의 의자에 앉았다. 황금비가 의자에 앉자마자 머리에 왕관이 씌워졌다. 왕관에는 온갖 보석들이 화려한 빛깔을 뽐냈고, 목걸이는 은은하게 빛나며 주위를 밝혔다. 미지수지가 "예쁘다"라고 말하는데, 빛이 황금비 몸을 가려버렸다. 의자 네 개는 원 둘레를 타고 천천히 움직였고, 의자 바깥쪽으로 그려진 원에서 연보라색 막이 올라와 외부공간과 내부공간을 분리했다. 밝은 빛 때문에 황금비는 전혀 보이지 않았다. 의자는 점점 빨리 움직였는데 아무리 빨라져도 의자 끝은 안쪽 원을 이루는 선에서 절대 떨어지지 않았다.

미지수지 의자로 만든 사각형이 원에 내접하고, 그 내접하는 사각형이 퀸의 의자를 보호하는 것처럼 보이지 않아?

고난도 내 생각에도 그래. 저 사각형이 황금비와 퀸의 목걸이가 완벽하게 동화될 때까지 보호하는 거야.

나우스 그거 알아? 내접해서 움직이는 사각형이잖아. 그런데 마주 보는 대각을 더 하면 항상 180°야. 그러니까 $\angle A+\angle C$

$=180°$고, $\angle B + \angle D = 180°$야.[10]

나우스는 원을 둘러싼 원리를 이해하는 것이 몹시 신이 난 듯했다. 친구들은 그런 나우스에 장단을 맞춰 주며 가볍게 웃었다. 긴장 속에서도 가벼운 수다가 이어졌고, 의자의 움직임은 긴장보다는 즐거움을 선사했다. 황금비를 둘러싼 빛이 점점 진해지며 목걸이와 황금비가 완벽하게 동화되는 시간이 얼마 남지 않았음을 알렸다. 황금비가 퀸이 되면 이제껏 겪었던 모든 모험이 드디어 끝나리란 기대가 차올랐다. 피타고*X*가 벌이는 모든 음모를 깨뜨릴 수 있다고 생각하니 가슴이 벅차올랐다.

들뜬 기대가 최고조에 이르렀을 때, 느닷없이 거대한 폭음이 신경연결망을 때렸다. 고난도와 미지수지가 앉은 쪽 뒤였다. 바깥쪽 방어막에서 번개가 일었다. 외부 충격으로 인한 반응이었다. 잇달아 폭발이 일어났고 방어막에서는 번개가 더 넓게 퍼졌다.

미지수지　　피타고*X*의 비행선이야!

10 원에 내접하는 대각의 합이 180°인 이유.

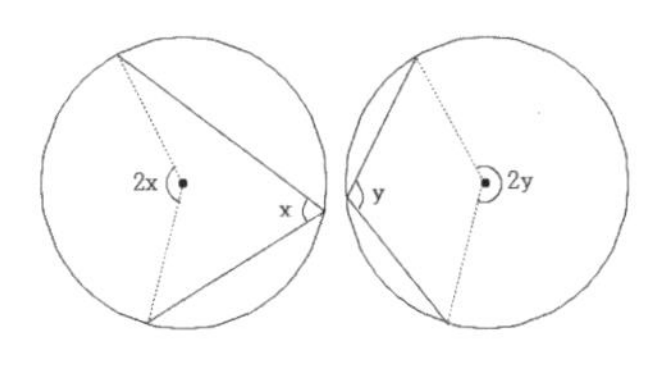

$2x+2y=360°$　　$\therefore x+y=180°$

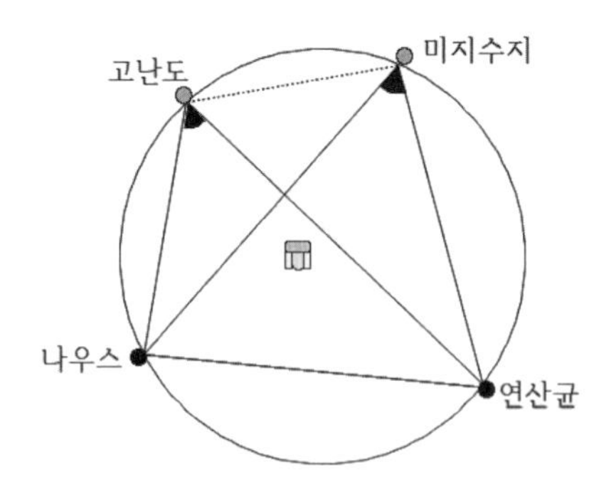

폭발은 방어막 전체를 뒤흔들었고, 그 바람에 원형을 유지한 채 움직이던 의자 중에 미지수지가 앉았던 의자가 원에서 살짝 벗어났다. 그러자 방어막 한쪽에 구멍이 뚫렸고 폭발 충격이 내부로 뚫고 들어왔다. 알짜힘에 타격을 입지는 않았지만, 내부 원을 그리던 선이 사라질 만큼 강한 회오리가 일어났다. 피타고X 비행선은 일단 방어막이 약해진 곳에 집중 포격을 가했다. 그럴수록 구멍은 더 커지고 알짜힘에도 영향을 끼쳤다.

고난도 수지야! 원을 유지해야 해! 원이 깨지면 방어막도 깨져.

미지수지 선이 지워져서 원이 어디인지 모르겠어.

고난도 자룡아, 네가 좀 도와줘. 내가 나우스, 연산균과 이루는 각과 똑같게 미지수지가 위치하도록 해 줘.

미지수지 그게 무슨 소리야? 그런다고 원이 된다는 거야?

고난도 한 현을 공유한 채 만들어진 두 원주각의 크기가 서로 같으면 원주각의 두 꼭짓점, 현의 두 점은 같은 원에 위치해.

자롱이가 도와주자 미지수지는 고난도와 똑같은 각을 만들었다. 사각형이 정확히 한 원 위에 위치하게 되자 방어막에 난 구멍이 메워졌다. 미지수지 쪽에만 집중되던 공격이 모든 방향에서 한꺼번에 쏟아졌다. 비행선이 진보라색 광채를 뿜어내며 폭탄을 연속해서 떨어뜨렸다. 방어막 전체에 번개가 일어났고, 강한 바람이 내부를 강타했다. 의자들이 흔들리며 원이 깨졌다. 이번에는 네 명이 앉은 자리가 모두 흔들렸기에 원을 만들 기준이 사라져 버렸다.

고난도　자롱아! 마주보는 대각의 합이 180°가 될 수 있도록 도와줘. 두 대각의 합이 항상 180°를 유지하면 네 점은 같은 원에 위치하게 돼.

자롱이는 부지런히 날아다니며 각의 크기를 조절했다. 처음에는 각을 잘못 맞추는 실수도 했지만 이내 익숙해지자 자롱이가 시키는 대로 모두 정확히 각을 맞췄다. 그 덕분에 방어막이 흔들리긴 했지만 무너지진 않았다. 폭탄 공격이 더는 통하지 않자 비행선이 방어막에 바짝 다가왔다. 비행선에서 거대한 송곳이 솟아났다. 송곳 끝이 엄청난 속도로 회전했다. 송곳 끝이 시뻘겋게 달아올랐다. 방어막의 모든 힘이 송곳 끝으로 쏠렸다. 번개와 불꽃이 튀며 방어막이 심하게 흔들렸다.

고난도　금비야, 시간이 없어!

'쾅' 하는 굉음이 고막을 때리며 방어막이 깨졌다. 송곳도 부러졌다. 부러진 송곳이 비행선으로 서서히 모습을 감추고 그 자리에 다시 폭탄 덩어리들이 나타났다. 비행선이 폭탄을 떨어뜨리려고 조금 위로 날아올랐다. 근접 거리에서 폭탄을 떨어뜨리면 비행선도 타격을 입기 때문이다. 그때, 황금비를 감싸던 빛이 삽시간에 사라졌고, 드디어 황금비가 눈을 떴다.

미지수지　　저기, 비행선!

황금비는 비행선을 보자마자 손가락으로 동그라미를 그렸다. 퀸의 의자를 원점으로 해서 보라색 원이 크게 그려졌다. 손가락을 몇 번 더 움직이자 현 네 개와 원주각 네 개가 만들어졌다. 폭탄이 떨어지려고 했다.

황금비　　체크메이트!

손가락을 튕기자 원주각 네 개가 위로 솟았다. 꼭짓점이 창보다 날카로웠다. 번개처럼 빠르게 원주각 끝이 비행선을 꿰뚫었다. 비행선은 네 개의 창에 맞은 채 그대로 멈췄고, 보라색이 점점 연해지더니 무채색으로 바뀌었다. 비행선을 꿰뚫은 원주각 창이 땅으로 서서히 회수되면서 비행선도 땅으로 끌려왔다. 비행선은 바닥에 닿자마자 수없이 많은 도형과 숫자가 되어 흩어졌다. 비행선이 사라진 자리에 피타고X가 피를 흘리며 서 있었다. 옷도 엉망이었다.

피타고X　어떻게… 그런… 공격이… 가능한 거지?

황금비　제가 바로 퀸이에요.

피타고X　말도… 안 돼 .… 은둔미녀가… 퀸일 때도… 비례요정도… 이 정도 능력은 없었어.

황금비　전 황금비예요. 전투행성 최강 전사.

피타고X　아무리 그래도… 믿을… 수가 없어.

황금비　이 정도로 놀라시면 안 되는데…. 당신이 구축한 모든 악의 사슬이 제게는 다 보여요. 그 모든 걸 원래대로 되돌려 놓을 거예요.

피타고X는 계속 숨을 헐떡였다. 알짜힘이 바닥이었다. 피타고X는 옷을 젖히더니 킹의 목걸이를 드러냈다.

피타고X　그래… 퀸은 강하지… 체스에서도… 퀸이 지닌 능력은… 모든 말을 압도해… 그렇지만 이곳의 주인은… 결국 킹이야….

황금비　킹은 바꾸면 그만이에요.

황금비가 손짓하자 수많은 원이 생성되어 피타고X를 휘감았다.

황금비　이제 끝낼게요. 이제껏 당신이 지녔던 모든 힘은 사라지고, 당신이 뿌려놓은 악의 씨앗도 제가 거두겠어요.

피타고X 퀸이…강하지만… 오직… 킹만 할 수 있는… 능력이 있지. 모든 걸 잃을 바에는 다 같이 소멸하는 길을… 택하겠다. 이곳과 연결된 모든 곳도….

황금비 미친 짓은 하지 말아요.

피타고X 내가 못 가지면… 아무도 못 가져!

피타고*X*는 목걸이를 벗어서 손에 쥐었다. 목걸이는 어느새 정삼각형으로 바뀌었다. 황금비는 서둘러 원에 힘을 가했다. 원이 빠르게 회전하며 피타고*X*를 공격했다. 정삼각형이 늘어나며 피타고*X*를 보호했다.

피타고X 와라, 붉은 왕!

붉은 옷을 입고, 붉은 왕관을 쓴 왕이 정삼각형 안에 나타났다. 붉은 왕은 여전히 자고 있었다. 고난도는 트위들디, 트위들덤 쌍둥이와 만났을 때 붉은 왕에 대해 들었던 이야기가 떠올랐다. 그 쌍둥이는 8128구역이 붉은 왕이 꾸는 꿈이라고 했다. 붉은 왕이 깨어나면 이곳이 소멸한다고 했다.

고난도 금비야! 그 쌍둥이 얘기가 사실이었어.

황금비　　나도 알아! 붉은 왕이 깨어나면 이곳이 사라지고, 이곳에서 연결된 수많은 그물망이 파괴되면서 메타버스 전체가 엉망진창이 될 거야.

고난도　　빨리 없애야 해.

황금비　　정삼각형이 마지막 방어선이야. 방어력을 깨려면 시간이 걸려.

고난도　　그 사이에 피타고X가 붉은 왕을 깨우면 안 되잖아.

황금비　　정삼각형은 완벽하게 안정된 상태라 쉽지 않아. 나도 최선을 다하고 있어.

황금비는 최대치로 에너지를 불어넣었다. 그러나 정삼각형은 조금도 밀리지 않고 원의 수축력을 버텨 냈다.

피타고X　　1 … 2 ….

붉은 왕이 꿈틀거렸다.

피타고X　　4 … 8 … 16 ….

숫자가 불릴 때마다 붉은 왕이 더 크게 꿈틀거렸다.

고난도　1, 2, 4, 8, 16, …. 이건 8128의 약수야.[11] 8128은 완전수여서 진약수(자신을 제외한 약수)를 모두 더하면 자기 자신이 돼. 피타고X는… 8128을 약수로 분해해서… 8128을 깨뜨리려는 거야. 진약수를 모두 호명하면… 붉은 왕이 깨어날 거야….

피타고X　32, 64, 127, 254, ….

붉은 왕은 목을 돌리고 팔을 뒤틀었다. 깨어나려는 징조가 뚜렷했다. 황금비는 안간힘을 써서 공격했다. 팽팽하게 버티던 정삼각형 방어막이 점점 줄어들었다. 시간만 충분하면 정삼각형 방어막을 무너뜨릴 수 있었다. 안타깝게도 시간이 충분하지 않았다.

피타고X　508….

고난도 옆으로 불쑥 제곱복근이 나타났다. 제곱복근이 고난도에 손을 내밀었다.

11　8128의 약수.
8128을 소인수분해하면 $2^6 \times 127$.
이를 이용해 약수를 구하면 아래 표와 같다.

소인수	2^0	2^1	2^2	2^3	2^4	2^5	2^6
127^0	1	2	4	8	16	32	64
127^1	127	254	508	1016	2032	4064	8128

제곱복근 여의봉을 이리 줘.

고난도 아저씨…! 뭐 하려고요?

피타고X 1016….

제곱복근 시간 없어. 이제 남은 숫자는 두 개뿐이야.

고난도는 재빨리 여의봉을 건넸다. 제곱복근이 여의봉을 잡자 여의봉이 여러 조각으로 쪼개졌다.

피타고X 2032….

고난도 이제 4064 하나 남았어!

제곱복근 −2032.

제곱복근은 여의봉 조각 하나를 피타고*X*를 향해 던졌다. 여의봉은 점으로 변해서 피타고*X*를 향해 날아갔다. 피타고*X* 주변에는 황금비가 부리는 원이 휘감고 있었지만, 여의봉은 전혀 영향을 받지 않고 원을 지나서 정삼각형에 적중했다.

피타고X 4064… 4064…, 뭐야? 4064가 안 먹혀? 2032가 사라졌잖아.

제곱복근 −1016.

제곱복근은 또다시 여의봉을 던졌다. 피타고X는 어쩔 줄 모르며 숫자를 불렀다.

피타고X 1016….

제곱복근 −1016….

이런 맞대결이 계속 반복되었다.

제곱복근 여의봉 조각이 떨어지면 더는 막을 수 없겠군. 하는 수 없네.

제곱복근은 정삼각형을 향해 다가갔다.

고난도 아저씨, 뭐 하려고요?

제곱복근 늘 그렇듯이… 문제를 해결하려고…. 나중에 볼 수 있으면 또 보자. (황금비에게) 어이 최강 전사! 내가 가까이 가면 그 무서운 원은 잠깐만 거둬들여.

황금비 알았어요.

제곱복근이 원에 접근하자 황금비가 원을 거둬들였다. 피타고X는 2032를 외쳤고, 정삼각형은 팽팽한 긴장으로 파르르 떨렸다. 피타고X가 마지막 진약수인 '4064'를 외치려고 할 때, 제곱복근이 정삼각형 안으로 스며들더니 그 안에서 여의봉을 늘어나게 했다. 여의봉은 자유롭게 움직이며 수많은 숫자로 변형이 되었다. 숫자들이 정삼각형 내부를 꽉 채웠다. 정삼각형조차도 숫자로 바뀌었고, 제곱복근과 피타고*X*도 숫자로 변했다. 한데 모인 숫자들은 토네이도처럼 회전하며 솟아오르더니 구름처럼 퍼지다가 점점 사라졌다.

하늘에서 작은 조각 하나가 살랑살랑 흔들리며 내려왔다. 마지막 남은 여의봉 조각이었다. 고난도는 그 조각을 얼른 잡았다. 고난도 손에 잡힌 여의봉은 이내 먼지가 되어 흩어지더니 목걸이가 되었다. 바로 킹의 목걸이였다. 손에 닿은 목걸이는 이내 사라졌다. 잠시 뒤, 찬란한 보랏빛을 내며 킹의 목걸이가 고난도의 목에 걸렸다.

07. 표준편차가 보여 주는 진실

: 대푯값과 산포도 :

나우스 드디어 우리가 만든 게임을 설치하는 날이야.

연산군 이런 날이 오다니 감개무량하네.

미지수지 기쁜 날이긴 하지만 감개무량까지는….

나우스 그동안 겪은 일을 생각하면 감개무량하다는 말도 부적절하지는 않아.

연산군 역시, 나우스는 나랑 통한다니까.

수학탐정단 두레채에는 오랜만에 웃음꽃이 활짝 피었다. 게임이 대박

나면 어떻게 할지 들뜬 마음으로 꿈같은 계획을 나누기도 했다. 하루에도 수없이 많은 게임이 출시되는 메타버스 세상에서 큰 인기를 끄는 대박 게임이 되기는 무척 어렵지만, 상상은 자유이므로 다들 행복한 기대를 마음껏 부풀렸다.

미지수지 그나저나 이 층에 있는 그들은 어떻게 할 거야?

고난도 결정하기 전에 궁금한 점. 도대체 비례요정이 왜 갑자기 태도를 바꾼 거야?

황금비 나도 궁금해. 왜 그랬는지…. 비례요정이 지름길을 알려 줘서 너희들이 빨리 왔고, 그 덕분에 피타고X의 마지막 공격을 버텨냈잖아. 비례요정이 아니었다면 어떻게 됐을지 몰라. 비례요정이 그런 상황까지 내다본 걸까?

미지수지 비례요정이 그런 것까지 예상하고 도와줬는지는 모르겠고, 변심한 까닭도 솔직히 명확하지는 않아. 상어 뱃속에서 구출된 뒤, 환상행성에서 벗어나는 구멍이 있는 데까지 이동하면서 이런저런 대화를 나눴는데….

* * *

너클리드가 딴짓을 벌이지 못하도록 연산균과 나우스는 너클리드 좌우에 바짝 붙어서 걸었다. 미지수지는 조금 떨어져서 비례요정과 나란히 걸었다. 미지수지는 궁금한 게 무척 많았다. 대답을 기대하지 않고 질문을 했는데, 비례요정이 의외로 솔직하게 속내를 털어놨다.

비례요정 거짓말에는 세 가지 종류가 있어. 그럴듯한 거짓말, 새빨간 거짓말, 그리고 통계.[12]

그런 일을 벌인 동기를 물었는데 비례요정은 엉뚱한 대답을 했다.

비례요정 통계는 세상에 감춰진 본질을 드러내기도 하지만, 감추기도 해.

미지수지 무슨 말인지 잘 모르겠어요.

비례요정 나는 메타버스 연합회에서 홍보 일을 했어.

미지수지 연합회요?

비례요정 *U-Meta*라고 메타버스를 구성하는 회사들이 규칙을 만들고 운영에 필요한 협력을 하는 협의체야. 너한테는 관리*AI*를 운영하는 주체라고 하면 이해하기 쉽겠구나.

미지수지 그곳에서 무슨 홍보를 해요?

비례요정 겉보기에 잘 돌아가는 것처럼 꾸미는 일이지. 메타버스가 삶을 행복하게 하고, 경제 효과를 얼마나 발휘하고, 이용자들이 어떤 만족을 얻는지 등에 관한 것들….

12 출처 : 『마크트웨인 자서전』, 벤저민 디스레일.

미지수지　그게 제 질문에 대한 답과 관련이 있다는 말인가요?

비례요정은 너클리드가 상상으로 구현해 놓은 풍경을 가만히 둘러보더니 들릴 듯 말 듯 한 한숨을 내쉬었다. 복잡한 감정이 묻어나는 한숨이었다.

비례요정　이곳은 판타지야. 현실이 아니라 꿈이 진짜라고 믿게 만드는 공간. 따지고 보면 메타버스 전체가 환상이지.

미지수지　그 환상을 소비하는 거죠. 어차피 소비는 욕망을 채우는 거잖아요.

비례요정　애늙은이 같은 소리를 하는구나.

미지수지　제 삶이 좀 그래요.

비례요정　나는 메타버스를 그럴듯하게 포장하는 일을 했어. 정부의 간섭이나 언론의 비판을 받지 않게 여론을 만드는 게 핵심 목표였지.

미지수지　그 목표와 통계가 무슨 관계가 있죠?

비례요정　통계는 힘이 세거든. 그 어떤 논리나 주장도 통계를 내세우면 가볍게 물리칠 수가 있지. 숫자는 거짓말을 하지 않는다고 사람들이 믿기 때문이야.

미지수지　숫자를 거짓으로 꾸몄다는 말인가요?

비례요정　그랬다가는 큰일 나지. 절대 거짓을 말하지는 않아. 그렇지만 현실을 교묘하게 위장하지. 이 판타지 세상처럼. 이 판타지 세계는 거짓은 아니야. 눈에 맺히는 형상, 귀로 감지되는 소리, 피부로 전해지는 자극은 진짜야. 심지어 요즘에는 후각과 미각 세포를 활성화하는 기술마저 등장했어. 메타버스는 거짓은 아니지만, 전체가 아니라 극히 일부만 경험하게 함으로써 진실을 경험하지 못하게 막아 버려. ***U-Meta***에서 내가 봤던 통계도 마찬가지였어. 나는 메타버스 이용환경이 계속 좋아지고 있다는 극히 일부 통계만 받아 봤고, 그걸 바탕으로 메타버스는 멋진 곳이라고, 세상을 더 낫게 만들고 있다고 홍보했어.

미지수지 아니었나 보네요.

비례요정이 눈을 가늘게 뜨더니 미지수지를 위아래로 살폈다.

비례요정 넌, 부자니? '전'을 네가 쓰고 싶은 대로 써?

미지수지 그래 보이나요?

비례요정 겉모습만 봐서는 전혀 모르겠어.

미지수지 일부러 이렇게 꾸미고 다녀요. 남들이 보기엔 개성으로 여겨지도록.

비례요정 더 말 안 해도 알겠어. 네 처지가 그렇다면 메타버스가 얼마나 불평등한지 알겠네.

미지수지 시시각각 느끼죠. 그렇지만 저는 그런 데는 별로 관심을 두지 않아요. 제 나름 즐기면 된다고 생각하거든요.

비례요정 너 같은 이용자들도 있지만, 도리짓고처럼 불평등 때문에 삐뚤어지고, 도박으로 한탕 해서 현실을 바꾸려는 욕망에 빠져드는 이용자들도 엄청나게 많아.

미지수지 무슨 말인지는 알겠어요. 그런데 진실의 일부를 보여 주는 통계로 거짓말을 한다는 게 무슨 뜻인지는 이해가 안 돼요.

비례요정 상당히 복잡한 숫자들에 관한 이야기인데…. 이렇게 하면 되겠구나. 네가 이해할 만한 간단한 예를 들어서 설명할게. 선생님들은 학교에서 시험을 보고 나면 반 평균을 매우 중요하게 여겨. 반 평균이 낮은 선생님들은 주눅이 들고, 반 평균이 높은 선생님들은 으스대지. 그런데 정말 반 평균이 높은 반의 성적이 더 높다고 해야 할까?

미지수지 당연하지 않나요?

비례요정은 두 반의 성적이 정리된 표 하나를 예시로 들었다.

구분	성적									총점	평균
	1등	2등	3등	4등	5등	6등	7등	8등	9등		
1반	100	99	98	65	63	55	48	48	48	624	69.3
2반	75	72	72	72	67	60	57	54	50	579	64.3

비례요정 네가 보기에는 이 중에서 어떤 반이 더 성적이 좋다고 생각해?

미지수지 평균만 놓고 보면 1반이 2반보다 5점이 더 높으니까 성적이 더 높다고 해야 하는데….

비례요정 그런데 왜 망설여?

미지수지 1반은 뛰어난 세 사람 때문에 평균이 높아졌어요. 나머지 사람들의 성적은 2반이 더 나아요. 음… 좀 애매하네요.

비례요정 어떤 데이터를 대표하는 값이 대푯값인데, 데이터가 많을 때 대푯값이 데이터를 이해하는 데 도움을 줘. 평균은 가장 흔하게 사용하는 대푯값이긴 하지만 이런 경우에는 데이터를 제대로 대표하지 못해.

미지수지 평균 말고 다른 대푯값도 있나요?

비례요정 중앙값과 최빈값이 있어. 중앙값은 데이터를 크기 순서로 정렬했을 때 중앙에 위치하는 값이고, 최빈값은 데이터에서 가장 많이 나타나는 값이야.

구분	평균	중앙값	최빈값
1반	69.3	63	48
2반	64.3	67	72

미지수지 평균값은 1반이 높은데 중앙값은 2반이 살짝 더 높고, 최빈값은 아예 상대가 안 되네요.

비례요정 어느 반이 더 성적이 높다고 해야 할지 선택하기 애매하지.

그렇지만 어느 반이 성적이 고르고 어느 반이 성적의 편차가 큰지는 어렵지 않게 알 수 있어.

비례요정은 데이터(변량)에서 평균을 뺀 편차를 계산했다. 수치를 계산한 뒤에 그래프를 그리니 차이가 분명하게 드러났다.

구분	성적									평균
	1등	2등	3등	4등	5등	6등	7등	8등	9등	
1반	100	99	98	65	63	55	48	48	48	69.3
편차[13]	30.7	29.7	28.7	−4.3	−6.3	−14.3	−21.3	−21.3	−21.3	

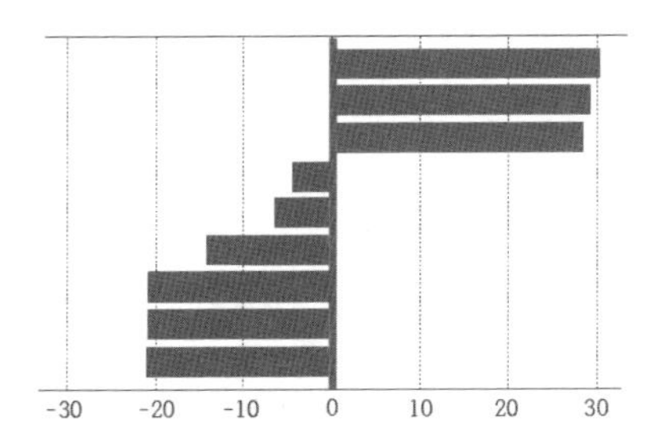

미지수지 1반은 편차가 꽤 크네요.

구분	성적									평균
	1등	2등	3등	4등	5등	6등	7등	8등	9등	
2반	75	72	72	72	67	60	57	54	50	64.3
편차	10.7	7.7	7.7	7.7	2.7	−4.3	−7.3	−10.3	−14.3	

13 편차=변량−평균.

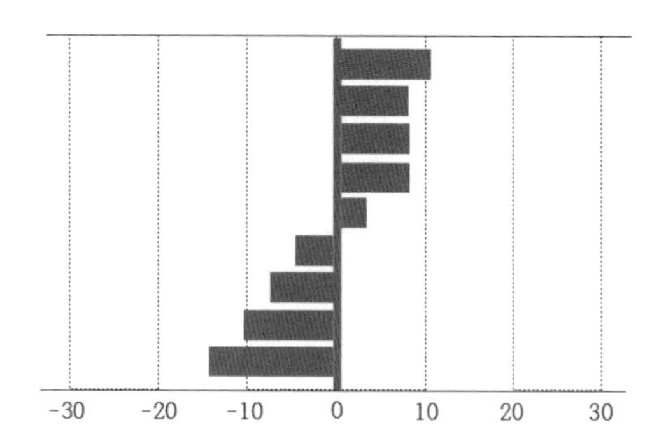

미지수지　2반은 1반보다 편차가 훨씬 작고.

비례요정　편차는 산포도의 일종이야. 산포도는 변량이 퍼져 있는 정도를 나타내는 값이야. 산포도의 일종인 분산[14]과 표준편차[15]는 변량이 퍼진 정도를 더 정확하게 드러내.

미지수지　그런데 분산을 계산할 때 왜 제곱을 하는 거죠?

비례요정　편차를 그냥 더하면 0이 되기 때문이지.

미지수지　아… 그러네요. 편차는 변량에서 평균값을 뺀 값이니 모두 더하면 무조건 0이군요.

비례요정　제곱을 해서 계산을 하면 모두 양수가 되니 전체 변량이 평균과 얼마나 차이가 나는지 알 수가 있지.

미지수지　분산에 제곱근을 씌워서 표준편차를 구하는 건 실제 차이를 정확히 알기 위해서겠네요. 분산은 편차를 제곱한 값이

---

14 분산$=\dfrac{\text{편차를 제곱한 값의 총합}}{\text{변량의 개수}}$ (편차를 제곱한 값의 평균)

15 표준편차=분산에 제곱근을 씌운 값

라 그 크기가 커져 버리니까.

비례요정 정확해.

미지수지 그럼 편차를 제곱해서 분산을 구한 뒤에 표준편차를 구하지 말고, 편차의 절댓값을 구해서 표준편차를 계산해도 되지 않나요?

비례요정 나름 타당한 지적이야.

구분	1반	2반
분산[16]	$\frac{4272}{9} \fallingdotseq 474.7$	$\frac{682}{9} \fallingdotseq 75.8$
표준편차	$\sqrt{474.7} \fallingdotseq 21.8$	$\sqrt{75.8} \fallingdotseq 8.7$

미지수지 1반이 2반보다 표준편차가 훨씬 크네요.

비례요정 성적 편차가 크기에 그만큼 학생들 사이의 실력 차이가 크게 난다는 뜻이야.

미지수지 단순히 성적 평균만 보면 안 되겠네요.

비례요정 바로 그거야. 평균은 본질의 일부만 보여 줘. 거짓말은 아니지만, 평균은 1반에 성적이 낮은 학생이 2반보다 훨씬 많다는 진실을 가려 버리지.

미지수지는 고개를 격하게 끄덕였다.

---

16 1반 $=(30.7)^2+(29.7)^2+(28.7)^2+(-4.3)^2+(-6.3)^2+(-14.3)^2+(-21.3)^2+(-21.3)^2+(-21.3)^2 \fallingdotseq 4272$

2반 $=(10.7)^2+(7.7)^2+(7.7)^2+(7.7)^2+(2.7)^2+(-4.3)^2+(-7.3)^2+(-10.3)^2+(-14.3)^2 \fallingdotseq 682$

미지수지 메타버스도 마찬가지군요.

비례요정 그래. 일부 사용자가 전체 평균을 끌어올리면서 대체로 만족하고, 잘 이용하는 것처럼 보이는 착시효과를 만들어 내지. 나는 그런 식의 자료를 토대로 메타버스가 잘 돌아간다고 홍보를 했고.

미지수지 중앙값, 표준편차와 같은 감춰진 값을 알고 난 뒤에 충격을 받았겠군요.

비례요정 맞아. 대단한 충격이었어. 물론 내가 본 데이터는 평균이나 중앙값과 같은 단순한 수준이 아니었어.

미지수지 그렇겠죠.

비례요정 메타버스가 얼마나 불평등한 곳인지, 얼마나 문제가 많은지 보여 주는 수많은 데이터를 보니 더는 견딜 수가 없었어.

미지수지 이해해요.

비례요정이 눈을 동그랗게 뜨고 미지수지를 한참 동안 바라보았다. 예상치 못한 답변인 듯했다.

미지수지 전 메타버스가 좋아요. 불만을 품으면 한없이 불만이겠지만 좋은 점을 찾으면 또 한없이 좋은 점이 많아요. 실제 삶에서 수줍은 모범생처럼 존재감도 없고 별 볼 일 없지만, 이곳에서는 마음껏 꾸미고 다녀도 아무도 뭐라고 하지 않아요. 현실에서는 사귀기 힘든 친구들과 깊은 우정도 쌓고 모험도 즐기거든요.

비례요정 이곳에서 자신이 특별해진다고 느끼는구나. 확실히 네 외모에서 특별함이 느껴져.

미지수지 저희 엄마 아빠는 곧 이혼해요. 받아들이기 힘든 아픔인데, 메타버스가 없었다면 그 아픔을 감당하지 못했을 거예요. 엄마와 아빠가 이혼하는 심정을 조금은 이해해야겠다는 결심도 생겼고요.

비례요정 대단하구나.

미지수지 메타버스가 불평등한 곳이긴 하지만, '전'이 없으면 제약이 많긴 하지만, 그래도 '전'이 없어도 즐길 거리도 많고, 나름대로 의미 있는 경험도 많이 쌓을 수 있어요. 전 메타버스에서 자유를 느껴요. 현실에서는 누리기 힘든 자유를….

비례요정은 깊은 생각에 잠겨서 조용히 걸었다. 미지수지도 더는 말을 하지 않았다. 구멍에 거의 다 왔을 때 미지수지가 물었다.

미지수지 그런데 왜 보라색이에요?

비례요정 보라색이라니?

미지수지 사용하는 아이템이 모두 보라색이어서….

비례요정 나는 보라색을 좋아해. 소설 『소나기』를 읽은 뒤부터 보라색을 좋아했어.

미지수지 '팔레트(아이유)'란 노래에도 '*Hot pink*보다 진한 보라색'을 더 좋아한다는 가사가 나와요. 전 그 노래를 듣고 보라색이 좋아졌어요.

비례요정 나도 그 노래 좋아해.

08. 산점도와 게임과 열정의 아이템

: 상관관계 :

나우스 　그냥 풀어 주자고?

고난도 　환상행성 8128과 이어진 모든 연결망은 나와 금비가 차단했어. 더는 그 힘을 이용하지 못해.

나우스 　너클리드는 8128구역을 창조했어. 그 모든 걸 만든 사람이야. 연결망을 막았다고 해서 그 능력이 사라지진 않아.

연산군 　그건 나우스 말이 맞아. 무엇보다 너클리드는 메타버스를 통째로 바꾸겠다는 신념이 그대로야.

황금비 　수지 너는 어떻게 생각해?

미지수지　나도 고난도와 의견이 같아. 그 뜻이 딱히 잘못된 것은 아니었어. 방법은 과격했지만.

나우스　그 짓을 또 해도 괜찮다는 말이야?

미지수지　잘못된 점을 고치려고 한 의도는 괜찮았다고 했지, 그 방법이 옳다고 하지는 않았어.

나우스　이대로 풀어 주면 또다시 그런 짓을 하게 될 거야.

미지수지　고난도와 금비가 연결망을 다 막았다고 했잖아.

연산균　능력은 그대로야.

고난도　다시 처음부터 만들기는 쉽지 않을 거야. 그게 가능했다면 피타고X에게 목걸이를 빼앗긴 뒤에 새롭게 만들었겠지. 그렇지만 다시 만들기가 워낙 어려우니까 어떻게든 피타고X와 싸워서 다시 찾으려고 했던 거잖아.

나우스　어렵지만 불가능한 건 아니잖아.

연산균　금비 너는 어떻게 생각해?

황금비　글쎄….

논쟁은 쉽게 결론이 나지 않았다. 황금비는 선뜻 의견을 정하지 못했다. 원래부터 고민이 많았는데 의견이 한쪽으로 기울어지지 않으니 결정하기가 더욱 힘들었다.

황금비 오늘은 게임을 처음 여는 날이잖아. 일단 게임-놀이공원에 다녀와서 결정하자.

조금 미룬다고 명확한 결론을 내릴 수 있으리란 보장은 없지만, 그래도 조금 더 시간을 두고 고민해 보기로 했다. 다들 동의하고 두레채를 나왔는데 문 앞에 화려하게 치장한 20대 여자가 수학탐정단을 기다리고 있었다.

미지수지 누구시죠?

여자아바타 내가 누구인지 모르겠어?

나우스 저흴 아세요?

여자아바타 당연히 다 알지.

연산균 저흰 전혀 모르겠는데….

여자아바타 서운하네, 힘들게 모험을 같이했는데….

고난도 설마… 제곱복근…?

여자아바타 와! 역시 고난도야! 너는 날 알아보는구나!

황금비 말도 안 돼요. 메타버스에서는 나이와 성별을 바꾸는 게 불가능해요. 생체 정보 때문에 다른 사람 아이디를 해킹할 수도 없다고요.

제곱복근 이게 내 원래 아바타야. 너희들이 본 건 조사를 하려고 사용한 아바타고.

황금비 조사라면….

고난도 설마… *U-Meta*에서 나온 건가요?

제곱복근 *U-Meta* 산하에 '*TDG*'라고 최고 개발자 모임이 있어.

나우스 저, *TDG* 알아요. 옛날에 수십, 수백 개 업체로 쪼개진 채 운영되던 메타버스를 하나로 통합하는 알고리즘을 개발한 곳이잖아요. 지금도 중요한 알고리즘은 거기서 만들어 낸다고 알고 있어요. 제 꿈이 거기 들어가는 건데….

제곱복근 멋진 꿈이야. 꼭 이루길 빌게.

황금비 도대체 그 이상한 아바타는 뭐였죠?

고난도 맞아요. 그렇게 강한 힘을 발휘하는 아바타를 만들려면 시간도 오래 걸리고, '전'도 엄청나게 써야 하는데….

황금비 시간과 '전'을 들인다고 되는 수준이 아니었어. 다양한 경험치가 쌓여야 하고, 수많은 난관을 넘어야만 얻을 힘과 능력이었어.

제곱복근 *U-Meta* 최초 알고리즘에 기반을 둔 원시 아바타야. 기존 아바타에 걸린 한계를 아이템과 경험치 없이도 넘어갈 수 있지. 필요한 능력치를 마음껏 높일 수 있는 아바타는 그것밖에 없어서 하는 수 없이 사용한 거야. 그것도 딱 하나밖에 없어서 나 혼자만 들어올 수 있었지. *TDG* 내부 비밀 협약에 따라 메타버스 전체에 위험이 있다고 판단할 때만 쓸 수 있는 아바타야. 그런데 솔직히 말하면…, (고난도와 황금비를 가리키며) 너희 둘이 그 아바타보다 더 대단했어. 너희들이 없었다면 성공할 수 없었을 거야.

미지수지 어쩌다 조사에 들어간 거예요? 관리*AI*는 전혀 잡아내지 못했는데.

제곱복근 아… 그건, (미지수지를 가리키며) 바로 너 때문이야. 네가 두레채에서 이상한 영역으로 빠지면서….

고난도 너클리드는 그걸 수렴구멍이라고 불렀어요.

제곱복근 이상한 신호여서 추적을 했는데 전혀 흔적이 보이지 않았어. 아무리 조사를 해도 모르겠다는 거야. 그러다가 다시 이상한 신호가 나타났는데… 그때 네가 다시 메타버스에 나타났지. 갑자기 뚝, 마치 우주에 웜홀이 나타난 것처럼…. 그래서 너랑 관련된 데이터를 자세히 살펴보다가 *TDG*에서 위험 신호로 결론을 내렸어.

미지수지 저 때문에 조사에 들어가게 되었다니 정말 뜻밖이네요.

제곱복근 모든 게 너희들 덕분이야. *TDG*를 대표해서 고맙다는 말을 전하려고 왔어.

황금비 목적이 꼭 그것만은 아니죠?

제곱복근 역시, 넌 속일 수가 없네.

고난도 목걸이 때문이군요.

제곱복근 그 목걸이에 구현된 알고리즘은 현재 메타버스 체계로는 막을 수가 없어. 누가 그 허점을 이용해서 다시 피타고*X*와 같은 일을 시도할 가능성이 있어. 그걸 막으려면 너희 둘이 가지고 있는 목걸이가 필요해.

미지수지 당신이 *U-Meta*의 *TDG*에 속한 개발자라는 걸 어떻게 믿죠?

제곱복근 아… 난 안 믿어도 돼. 너희들이 동의하면 관리*AI*가 직접 목걸이를 회수할 거야. 건네고 받는 절차도 필요 없어. 그냥 *AI*가 알아서 아이템을 회수해 가.

황금비 동의 절차가 필요하군요.

제곱복근 그렇지. 아무리 *U-Meta* 관리*AI*라도 개인 소유물을 당사자 허락 없이는 건드리지 못하니까.

황금비와 고난도는 서로 눈빛을 주고받았다. 말을 하지 않아도 의견이 일치함을 서로 확인했다. 목걸이를 *TDG*가 가져가 메타버스 알고리즘을 개선한다면 너클리드를 풀어 준다고 해도 더는 말썽을 일으킬 수 없을 것이다. 골치 아픈 문제가 저절로 해결되는 셈이었다.

황금비 좋아요. 목걸이를 넘길게요.

고난도 저도 동의해요.

제곱복근 고마워. 관리*AI*가 정식으로 서류 절차를 밟을 거야. 그때 동의를 표시해 주면 돼.

황금비 한 가지 부탁이 있어요.

제곱복근 들어줄 수 있는 부탁이면 얼마든지….

황금비 제가 퀸의 목걸이로 8128에서 뻗어 나온 연결망을 제거하면서 알게 된 건데… 생각보다 도박에 빠진 청소년들이 엄청 많아요.

제곱복근 안 그래도 *U-Meta*에서 심각하게 논의하고 있어. 메타버스에서 도박은 금지인데 교묘한 방법으로 도박판이 계속 열리거든. 워낙 교묘해서 막는 방법을 찾기가 쉽지 않아. 알고리즘을 강하게 적용하면 자유를 제한하게 되고, 내버려두자니 도박이 계속 횡행하고….

황금비 제 생각에는 도박판을 막는 알고리즘도 중요하지만, 도박에 빠지는 이용자 특성을 조사해서 그에 맞는 적절한 대책을 수립하는 게 더 좋다고 봐요. 도박판이 있다고 해도 이용자가 건강하면 도박에 빠지지 않게 되잖아요. 특히 청소년들은 더욱 그렇죠.

제곱복근 맞는 말이야.

황금비 제가 데이터를 뽑아 봤는데 너무 많아서 다 보진 못하고 일부만 추출해 봤어요.

제곱복근 그래? 그게 뭔지 궁금하네.

황금비는 영상으로 그림 한 장을 띄웠다.

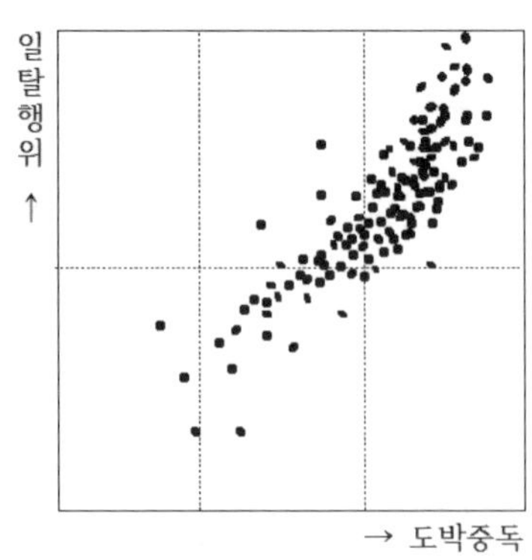

제곱복근 산점도[17]를 나타낸 좌표평면이네.

황금비 맞아요. 도박중독과 일탈행위의 관계를 표시해 봤어요.

제곱복근 도박중독과 일탈행위는 양의 상관관계[18]구나.

황금비 누구나 예상이 가능한 결과죠. 도박중독에 빠지면 처음에는 자기 여윳돈으로 도박을 하다가, 여윳돈이 없으면 다른 데 써야 할 돈을 쓰고, 마지막에는 남의 것을 훔쳐서 도박에 쓰게 되니까요.

제곱복근 어떤 성향이 도박에 빠지는지도 자료가 있겠구나.

황금비 게임, 학업성적과는 어떤 관련이 있는지 분석해 봤어요.

---

17 산점도.
좌표평면에서 두 변수의 관계를 순서쌍(x, y)으로 나타내는 방식.

18 상관관계.
산점도에서 두 변수가 밀접한 관련을 맺으며 변화하는 관계를 지칭한다. 두 변수가 같은 방향으로 움직이면 양(+)의 상관관계, 반대 방향으로 움직이면 음(−)의 상관관계라고 한다.

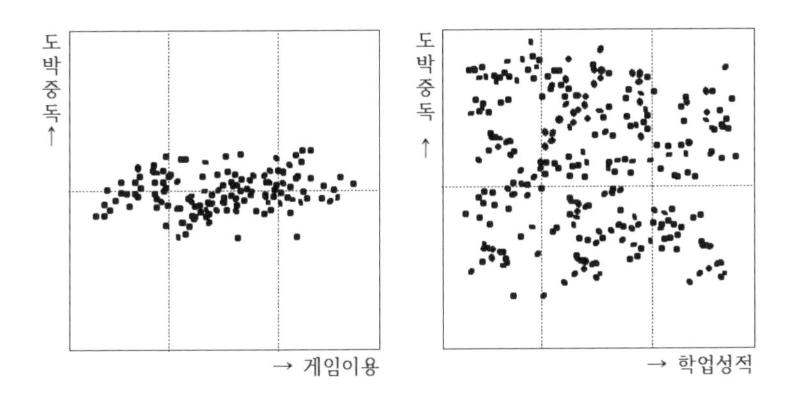

제곱복근　게임과 학업성적은 도박중독과 상관관계가 없구나.

황금비　흔히 게임을 많이 하면 문제를 일으키거나, 학업성적이 낮으면 도박에 빠질 가능성이 크다는 편견이 있는데 그것과는 아무런 관련이 없었어요.

제곱복근　흥미롭네.

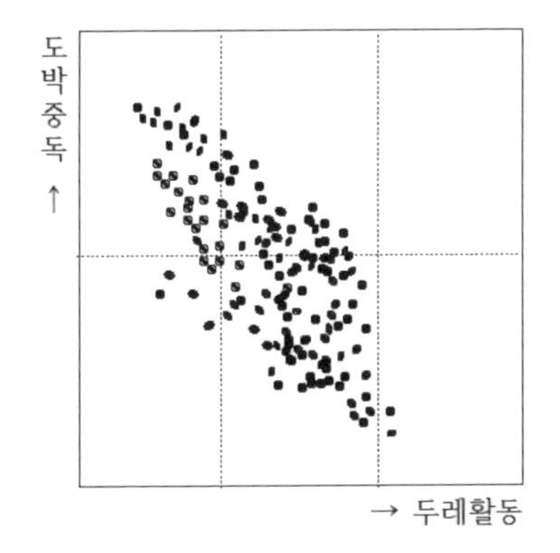

황금비　전 이게 가장 흥미로웠어요. 두레활동이 활발하면 그만큼 도박에 빠질 가능성이 줄어들어요.

제곱복근 두레활동에 활발하게 참여하는 정도와 도박중독이 음의 상관관계라면, 두레활동을 활성화하는 정책을 펴면 도박중독을 예방할 수 있다는 뜻이네.

황금비 저는 이 정도만 해 봤어요. *TDG*에서는 더 깊은 분석을 할 수 있을 거예요.

제곱복근 좋아. 관리*AI*에게 그 데이터도 건네줘. 내가 조치해 놓을게. 그나저나 지금 너희들이 개발한 게임을 설치하러 가는 거 맞지? 나도 같이 가서 구경하고 싶은데 괜찮을까?

나우스 *TDG*에서 일하는 분이 이용해 주시면 저희에게는 영광이죠.

수학탐정단은 제곱복근과 함께 단축이동기로 갔다. 단축이동기 화면에 '게임–놀이공원 1348번 구역'을 입력했다. 확인 단추를 누르자 단축이동기에서 하얀빛이 나오며 아바타를 빨아들이더니, 순식간에 게임-놀이공원으로 아바타가 이동했다.

단축이동기에서 나오자 무지개보다 화려한 꽃밭이 반갑게 맞이했다. 꽃밭 위에서는 하얀 나비와 노랑나비가 꽃들 사이를 부지런히 오가며 꿀을 모았고, 갖가지 동물 모양을 한 풍선이 두둥실 떠다니며 하늘을 오색으로 수놓았다. 꽃밭을 지나면 넓은 원형 광장이 나오는데, 광장 한복판에는 중세 수도원에 어울리는 시계탑이 고풍스러운 자태를 뽐냈다. 시계탑에는 시침, 분침, 초침이 달린 옛날식 시계가 달려 있었다. 시계탑 기단부에 음각으로 새긴 1348이란 숫자에는 오랜 세월을 이겨 낸 듯 이끼와 먼지가 수북했다.

시계탑 뒤로는 반원 형태로 건물이 빼곡하게 늘어섰는데, 마치 유럽 중세시대를 재현해 놓은 듯했다. 온갖 석재 조각이 건물 외벽을 화려하게 치장하고, 세로로 난 긴 창문과 높다란 탑이 시선을 빼앗았다. 모두 중세풍이었지만 형태는 조금씩 다 달랐다. 건물로 다가가자 1층에 붉은 벽돌로 만든 작은 입구가 나타났다. 89번 입구에서 설치증명서를 보여주고 안으로 들어갔다.

구불구불한 골목길은 중세시대 돌담길을 걷는 분위기를 물씬 풍겼다. 자연석을 다듬어서 깐 바닥은 발걸음을 내디딜 때마다 오랜 세월을 거슬러 걷는 듯한 기분을 맛보게 했다. 낡은 돌담과 담쟁이가 어우러져 만든 높은 벽은 더할 나위 없는 운치를 풍겼다. 구불구불한 담벼락 곳곳에는 다양한 모양을 한 철문이나 나무문이 달렸고, 문 위에는 게임 이름이 적힌 허름한 간판들이 걸려 있었다.

수학탐정단과 제곱복근 일행은 예쁜 나무문에 고풍스러운 안내판이 달린 곳에서 멈췄다. 안내판에 적힌 수학탐정단이란 손 글씨는 독특한 필체를 뽐내며 시선을 끌었다.

제곱복근 설마 안내판 글씨를 손으로 직접 썼니?

미지수지 네. 제가 썼어요.

제곱복근 요즘은 좀처럼 보기 힘든 손 글씨네. 참 예쁘다.

미지수지 감사해요.

연산균이 나무문 틈새로 설치증명서를 끼워 넣었다. 나무문에 보라색 빛이 퍼지며 안내판이 활성화되었다. 연산균이 아이템팔찌를 대자 나무문이 안으로 열렸다. 수학탐정단 일행은 운영자 등록을 하고, 진행*AI*를 작동시켰다. 수십 번이나 수정하며 완성한 게임 안내 영상이 제대로 나오는지도 확인했다. 게임 설치에 필요한 절차는 모두 끝났다.

제곱복근 내가 첫 번째 손님이 되고 싶은데… 그래도 될까?

연산균 그럼요. 수학탐정단을 대표해서 환영합니다.

제곱복근 수학을 이용해 범인을 잡으면 되는 거지?

연산균 네. 수학탐정단 게임이니까요.

제곱복근은 진행*AI*에게 '전'을 내더니 게임으로 들어갔다. 첫 손님을 맞은 수학탐정단 게임 안내판에 미지수*X* 표시가 하나 생겼다.

* *

게임 설치를 마치고 수학탐정단은 두레채로 돌아왔다. 돌아오자마자 아무 조건 없이 너클리드와 비례요정을 풀어 주었다. 심지어 고난도는 비례요정에게 한정판 립스틱을 달라고 요구하지도 않았다. 두 사람은 아무 말 없이 수학탐정단 두레채를 떠났다.

* *

자롱이와는 아쉽게 이별했다. 자롱이는 원래 있던 곳인 우주유람선으로 돌아가야만 했다. 자롱이는 피타고X와 주피터가 음모를 꾸미면서 몰래 제거한 우주유람선 관리 로봇이었다. 주피터는 청소년 불법 도박을 자행한 혐의와 우주유람선 사고를 일으킨 혐의로 정식 수사를 받게 되었다.

* *

너클리드와 비례요정을 풀어 준 지 열흘 뒤, 두레채로 선물 상자가 도착했다. 수신자는 고난도였다. 선물 상자를 여니 작고 귀여운 엽서가 들어 있었다. 엽서에 적힌 손 글씨를 읽고 고난도는 빙그레 웃었다.

"그대의 열정과 집착에 경의를 표하며."

\- 비례요정 -

고난도는 선물 상자에서 한정판 립스틱을 꺼내서 아이템팔찌에 소중하게 보관했다. 상자 바닥에는 초대장도 들어 있었다.

"환상행성 33,550,336구역으로 수학탐정단을 초대합니다."

- 너클리드 -